Friedrich J.H. Graf von Soden

Ernst, Graf von Gleichen, Gatte zweyer Weiber

Ein Schauspiel in 5 Aufz. Berlin, Maurer 1791

Friedrich J.H. Graf von Soden

Ernst, Graf von Gleichen, Gatte zweyer Weiber
Ein Schauspiel in 5 Aufz. Berlin, Maurer 1791

ISBN/EAN: 9783743623491

Hergestellt in Europa, USA, Kanada, Australien, Japan

Cover: Foto ©Andreas Hilbeck / pixelio.de

Weitere Bücher finden Sie auf **www.hansebooks.com**

Ernst,
Graf von Gleichen,
Gatte zweyer Weiber.

Ein
Schauspiel
in fünf Aufzügen.

Von
Julius Reichsgrafen von Soden.

Berlin, 1791.

Personen.

Ernst der Dritte, Graf von Gleichen.

Heinrich,
Lamprecht, } dessen Kinder.

Quirin von Volgstatt,
Hanns von Berga zu Weihmar, } Ritter und Glei-
Bastian von Aspach, } chens Vasallen.
Christoph von Enzenberg,

Der Castellan des Schlosses Gleichen.

Ein Reuter.

Othmann, Calif oder Sultan zu Alkair.

Achmet, Aufseher der Sklaven.

Wache und Verschnittene.

Ein Landmann.

Bertha, Gräfin von Orlamünde, } Graf Ernst's
Fatime, Othmanns Tochter. } Gemalinnen.

Zaide, Fatimens Sklavin.

Er-

Erster Aufzug.

(Graf Ernst's Schloß.)

Erster Auftritt.

Graf Ernst, Bertha, Heinrich, Lamprecht.

Graf (zu den Kindern, die Graf Ernst's Schwerd tragen)

He! was soll das, Jungens?

Lamprecht. (kläglich.) Heinrich höhnt mich: ich könn' das Schwerd nicht blos sehen, und liefe davon.

Heinrich. Er kanns nicht herausbringen!

Graf. Aber du, Kröte?

Heinrich. (ziehts.) Da seht! —

Graf. Junge! Junge!

Lampr.

Lampr. He! hier ſteh' ich!

Graf. Wollt' Ihr Friede halten? — Kinder! neckt euch nicht, ſo fehdet ihr euch nicht.

Heinrich. Es iſt doch mein!

Lampr. Mir hat's der Vater gegeben.

Graf. Beyden! Ihr ſeyd Brüder, ihr dürft, ihr müßt nur Ein Schwerd haben. — (zu Bertha) Du weinſt, Bertha?

Bertha. Soll' ich nicht, da wir ſcheiden?

Graf. Denk' ans Wiederſehen.

Bertha. Ach! da liegts eben, ob ich dich wie= derſehen werde?

Graf. Du zweifelſt? — Sey ruhig: Wir wer= den. — Ich folg' einem edlen heiligen Ruf: kennſt du für den Rittersmann einen edlern?

Bertha. Weh mir! Wenn ich nicht dich wie= derſähe! —

Graf. Wiederſehen, gutes Weib, iſt die Stim= me der ganzen Natur — — Darauf hofft alles, was da lebt und webt. Meinſt du, das Vögelein würd' ſeinen fröhlichen Wettgeſang ſingen, ohn' dies allmächtige, allgemeine, leiſe Hoffen und Ah= nen des Wiederſehns?

Zweyter Auftritt.

Ein Reuter, Vorige.

Graf. Was bringſt du, Görge?

Reuter. Ich komm' vom Aufgeboth.

Graf.

Graf. So schnell?

Reuter. Quirin von Volgstatt, Hanns von Berga, Bastian von Aspach und Christoph von Enzenberg sind aufgesessen und auf dem Zuge.

Graf. Brave Männer!

Reuter. Hanns von Hallungen grüßt Euch, und bittet um Entschuldigung.

Graf. Wie so?

Reuter. Er liegt krank darnieder an der Gicht.

Graf. Die Memme! — Wenn die Kaufleute gen Leipzig zogen, war er flink auf den Beinen, Wehrlose zu plündern. Nu's gegen der Türken Säbel geht, ist er lahm. Pfui! — Wie viel sind ihre Reißige?

Reuter. Zwanzig oder dreyßig, wohlberitten.

Graf. Geh, und sag mir's, wenn sie an die Brücke kommen. Görg! nimm die Buben mit, daß sie ihre Lehnleute sehen.

(Reuter ab.)

Dritter Auftritt.

Vorige.

Graf. Bertha! Bertha! hätt' ich das gedacht! Du warst so froh, als die Bothschaft kam vom Zug ins heilige Land.

Bertha. Ach! Ernst, es ist tausendfache Pein, nicht trauren zu dürfen!

Graf. Scheiden, trautes Weib, ist ja der Geburtsbrief der Natur. Alles scheidet und kommt

A 4 wie-

wieder. Gottes Hand wird mich bewahren allenthalben.

Bertha. Mir war so wohl in unsrer Burg; im stillen Frieden unsers häuslichen Zirkels und unsrer Kinder.

Graf. Sie bleiben bey dir.

Bertha Was ist das Weib ohne Mann? Kinder ohne Vater?

Graf. Dafür, gutes Weib, dafür wird dein Ernst sorgen.

Bertha. Ernst! Ernst! Was sollen mir die Kinder ohne dich? — ein leerer Spiegel ohne Bild! — Nahrung für meine Sehnsucht! —

Graf. Bertha! ich bitte dich, Bertha!

Bertha. Ach! mein Garten und mein Hof war mir so lieb; er wird zur Wüste werden.

Graf. Warum das?

Bertha. Alles, was mein ist, sey verwaist wie ich! — Ich will mich einschließen, und die Sonne soll nie durch meinen Wittwenschleier scheinen.

Graf. Ich faß dich nicht. Neidetest du mich nicht anfangs, daß ich das heilige Land sehen sollte, die Heimath unsers lieben Herrn?

Bertha. Nimm mich mit!

Graf. Wenn die Jungens nicht wären! — und wären diese nicht — o Bertha, alles hängt an einer weisen Kette.

Bertha. Gott! Gott!

Graf. Jede deiner Zähren gräbt sich in mein Herz, und wird erst brennen, wenn ich dich nicht mehr sehe.

Ber-

Bertha. Vergieb mir! Was wär' ohne Thränen das Weib?

Graf. Als das Aufgeboth vom Landgrafen
kam, dachtest du an nichts, als, den Mönchen zu
Erfurt zwey Hufen Land's zu geloben, wenn ich
wieder käme.

Bertha. [Ich dachte nur an deine Wiederkunft! —

Bierter Auftritt.

Castellan, Reuter, Vorige.

Castellan. Herr! Eure Lehnsmänner sind an
der Brücke.

Graf. Laßt sie halten und geleitet sie hieher.

(Castellan ab.)

(zum Reuter) Ist mein Roß gesattelt?

Reuter. Alles in Bereitschaft.

Graf. Nun, Bertha! die Scheidensstunde ist
gekommen. — Standhaft! Zeig' dich als ein teutsches Weib.

Bertha. So willst du mich verlassen?

Graf. Nicht so; ich spreche dich noch. Ab-
schied der Liebenden muß stille und einsam seyn.

Fünf-

Fünfter Auftritt.

(Trompeter.)

Quirin von Volgſtatt, Hanns von Berga,
Baſtian von Aſpach, Chriſtoph von
Enzenberg. Vorige.

Graf. (ſie bewillkommnend.) Willkommen, Freunde! Willkommen, theure Gefährten! —

Volgſtatt. Wir grüßen Euch, gnädiger Herr!
und warten Eurer Befehle.

Bertha. Willkommen, Ritter, in unſerm
Schloſſe!

Berga. Wir danken Euch, gnädige Frau!

Bertha. Auch Ihr, Ritter Enzenberg, ſeyd
mir herzlich willkommen! Ach, Eure arme Agnes! —

Enzenb. Sie grüßt Euch freundlich.

Bertha. Wie verließt Ihr ſie?

Enzenb. Mit rothen Augen, gnädige Frau.
Ihr müßt ja Weiberart kennen.

Bertha. Laß ſie zu mir kommen. Nur ein-
ſiedleriſche Thränen brennen; vermiſcht ſind ſie wohl-
thätiger Thau, — Es ſoll meine Leidensſchweſter
werden.

Graf. Pfuy! ſeyd ihr teutſche Weiber? —
Nun, Bertha, verlaß uns: Wir haben Männer
Arbeit. — Freunde! ſind Eure Reiſige verſammelt?

Aſpach. Sie halten im Thal.

Graf.

Graf. Wohl! Wir ziehen heut gen Erfurt. — Die Herren werden uns verpflegen. — Du weinst, Bertha?

Bertha. Ernst! Ernst! Wenn du so mich ver=läßest! —

Graf. Willst du mich beschämen vor meinen Lehensleuten? — Oder denkst du, Ernst, der dem Bettler Wort hält, hielt es nicht seinem Weibe?

(Bertha ab.)

Sechster Auftritt.

Vorige, ohne Bertha.

Graf. Vergebt ihr!

Berga. Wohl dem Manne, an dem solch ein Weib hangt! —

Graf. Lehensmänner! Ritter! edle Gefährten! Ihr wißt, warum ich Euch aufboth! — Fluch der Kirche ruht auf unserm guten Kaiser; ihn zu lösen, zieht er ins heilige Land. — Mein gnädiger Herr, der Landgraf, wird ihn begleiten, und hat mich, wie ich Euch, zu Gefährten erwählt! —

Volgstatt. Hier sind wir, nach Lehenspflicht, zu Eurem Dienst.

Graf. Stille, Volgstatt! — Wollt Ihr von Lehenspflicht sprechen, wenn Euer Herr schweigt? — Ich suche meine Lehnschaft in Eurem Herzen! — Es ist ein herrlicher Zug, zu dem ich Euch aufforde= re! — Die Krone der Ritterschaft — die Unschuld rä=

chen,

chen, Frieden erhalten, durch Kampf gegen Bos-
heit und Verrath Verläumbung strafen, und arme
Leute vertheidigen gegen Druck und Gewalt, ist eine
edle, seelerhebende Bestimmung des Edelmanns!
Aber, Freunde, kämpfen für seinen Glauben, ist
die höchste Würde des Ritters! — Glaube, diese
heilige Glut, an der Edelmuth und Tugend sich
wärmen; Glaube, der mit flammendem Schwerd
das Paradies unsrer Seele wahrt; Glaube ent-
flamm uns zu den großen Thaten dieses heiligen
Zugs! — Ist Ein Unglücklicher unter Euch, den
seine Flamme nicht entzündet, so meld' er sich, und
bleibe zurück! ich entlaß ihn seiner Lehenspflicht.

Volgstatt. Keiner!

Alle. Keiner! —

Graf Bey Gott, ich kann stolz seyn auf dieses Häuflein. Brüder! wir kämpfen für Gottes
Sache. Wie? dem rohsten unter uns sind die Grä-
ber seiner Voreltern heilig, und der Edelstein seiner
Burg! und das Grab unsers Heilandes sollten wir
Ungläubigen lassen? — Ach, Liebe hängt ja sonst
am Grabe des Liebenden unbeweglich, und wen
liebten wir mehr, als ihn? wer liebte uns mehr,
als er? — Seyd Ihr entschlossen, Freunde, mir
zu folgen? freywillig, und ohne Lehnszwang?

Alle. Wir sinds! —

Graf. Schwört's auf unser Schwerd, nie, nie
uns zu verlassen in Gefahr! zu leben, zu kämpfen,
zu sterben für uns, und dem Kreuz zu folgen!

Alle. (ziehen ihre Schwerdter) Wir schwören's!

Graf.

Graf. Wohl, Bruder! Auch ich schwör's! ich schwöre den feyerlichen Bund an Euch! — Laßt uns dem Kreuze folgen! — Hier nehmt die Siegel unsers Bundes vom Bischoff von Naumburg! (theilt das Zeichen des Kreuzes aus, nur an Berga nicht.)

Berga. Wie, Herr, Ihr vergeßt mich?

Graf. Zürnt nicht, Hanns; ich werd' nachher Euch's erklären.

Berga. Nein, Herr! ich bitt' Euch, jetzt, vor diesen Rittern, vor denen Ihr mir's versagt.

Graf. Seyd ruhig: Ihr seyd ein braver Rittersmann! das weiß ich und sie alle; und daran laßt Euch genügen! — Nun, Freunde, laßt uns aufsitzen. — Ihr, Bastian, und Ihr, Christoph, geht voran mit Euren Reisigen! Euren Handschlag! — Gen Erfurt! im Hof am Petersberg wollen wir Eurer pflegen. Lebt wohl; auf Wiedersehen!

(Bastian von Aspach und Christoph von Enzenberg ab.)

Siebenter Auftritt.

Vorige.

Berga. Herr, Ihr habt mir sehr wehe gethan! Wie? Ihr laßt mich rufen auf Lehnspflicht! schwören den Bund zum heiligen Zuge, und stoßt dann mich zurück, als einen feigen Schurken?

Graf. Ruhig, Hanns!

Ber*

Berga. Laßt das die Mannen richten! —

Graf. Wollt Ihr mich hören?

Berga. Mir pocht das Herz so hoch, als dem besten Eurer Lehnsmänner! — Hanns von Berga hat noch keinen Zug geschändet. Ich hab' das Unbild nicht verdient.

Graf. Stürmer!

Berga. Laßt's die Mannen richten, ich bewerfe mich auf die Mannen.

Graf. Auch ich! — Sie sollen richten. „Ich zog fort, werd' ich sprechen, in ein fernes Land; Gefahr, Tod, tausend Sarazenensäbel drohten meinem Leben. — Ich hatt' ein Weib, an dem meine Seele hing, ich hatte Kinder, meine Augäpfel, ich hatte Diener und arme Leute, die ließ ich zurück, verwaist, ohne Mann, ohne Vater, ohne Freund! und meine Seele hing an meiner Heimath. Wie sollt' ich ziehen und kämpfen ohne Seele? — Da blickt ich umher unter meinen Lehnsmännern und stand still, bey einem bieder teutschen Manne, ohne falsch und arg! — Er wird Beystand seyn deinem schutzlosen Weibe, dacht' ich, Vormund deiner verwaisten Kinder, Vater deiner armen Unterthanen! Nun, richtet, Mannen, ob das Lehnspflicht heischt? Richtet, ob das edle, oder entehrende Bestimmung des Rittermanns ist!"

Berga. (zu seinen Füßen stürzend.) Herr! Herr! Was hab' ich gethan? —

Graf. Steh' auf! Laß dich weihen zum Vater, zum Vormund, zum Beschützer deines Herrn! — Ach! dessen, was mir mehr ist, als ich selbst! —

Hanns,

Hanns, Hanns! Nur Einmal vertrau ich mich deinen Gefährten, und dir laß ich mein tausendfaches Selbst!

Berga. Ich fühl' es!

Graf. So wirst du's erfüllen?

Volgstatt. Und ich, Graf?

Graf. Du, Volgstatt! Gespiele meiner Kinderjahre! treuer Gefährte meines Lebens! — Ewig, ewig sind wir vereint! —

Volgstatt. Ich ziehe mit Euch?

Graf. Muß dein Ernst dir das sagen?

Volgstatt. Ich lebe, ich sterbe an Eurer Seite!

Graf. Freund! das wäre eine Scene, die Pfaffen zu belehren, die gegen des Lebens Elend sich heischer schreyen; — ich mag nicht allein in ihr einsames Paradies. Nun, Brüder! laßt mir noch einige Augenblicke Zeit! Ihr wißt ja, wie's beym Scheiden im Hauswesen zugeht.

Berga. Des Heulens und Zierens ist kein Ende.

Graf. Liebe! und warum drängts doch jeden von uns, ein Weib zu nehmen? O, da bringt die Freude der Wiederkunft mit Wucher Zinsen! Wie da das Weib sich um Euren Hals schlingt, die Kleinen sich an Eure Knie klammern, die größern geschäftig an Eurer Rüstung abschnallen und Euch drosseln! und das allgemeine Getümmel, und die Perle im Aug' des Weib's, und das Bellen Eurer muntern Hunde! — Hanns! Hanns! schon jetzt hängt meine Seele an dem Gefühl dieses Wonne-

tags, und er ſtählt meinen Muth. Wie war mir's
einſt, wenn ich als Jüngling in meine öde Burg
unmuthig heimzog: Niemand da, mich zu empfangen! O Ihr glaubt nicht, was am Willkomm
der Geliebten liegt.

Achter Auftritt.

Bertha, Vorige.

Bertha. Sie ziehen fort! Ernſt, ſie ziehen
fort!

Graf. Unter Gottes Geleite, hoff' ich! ——
(zum Caſtellan) Meinen Helm! — Und nun Bertha! — Ich weiß, was ich dir bin, ich weiß,
was der Mann dem Weibe, der Vater den Kindern
iſt, ich habe geſorgt dafür, wie ich dir verſprach! —
Ich hab dir einen Beyſtand, den Knaben einen
Vormund erleſen, der euch ſchützen und rathen wird
in Noth; einen treuen, biedern Lehnsmann; was
mehr iſt, meinen Freund — Hanns von Berga.

Bertha. (um ſeinen Hals fallend) Heilige Mutter Gottes!

Graf. Was iſt dir?

Bertha. Halte Wort! Du verſprachſt, noch
allein mich zu ſprechen.

Graf. Ich will! — Auf einen Augenblick,
Freunde! — Ich bin Natur und Liebe ihren Zoll
ſchuldig. —— Zu Pferde, Volgſtatt! — Und dir,
Hanns, leb wohl! ich ſehe nie, oder als ein großer
Schuldner, dich wieder!

Berga.

Berga. Laßt mich's versuchen, meine Schuld zu zahlen. (Sie umarmen sich.) .... (Folgßatte und Berga ab.)

Neunter Auftritt.

Graf Ernst, Bertha.

Bertha (zu seinen Füßen ßinkend). Was haßt du gethan?

Graf. Wie?

Bertha. Einem reißenden Wolf willst du dein Lamm vertrauen?

Graf. Schwärmst du? Versteh ich dich recht?

Bertha. Ist es der Pein deiner Trennung nicht genug, daß du zehnfach sie verdoppelst?

Graf. Beym Himmel, ich fasse dich nicht! —

Bertha. Hast du vergessen, daß Berga es war, der von Liebe mit mir sprach, als du ihn an meines Vaters Schloß sendetest, für dich zu freyen?

Graf. Nein! Ich rechnete diese Liebe hoch, im Vertrau'n auf deine Sorgfalt für dich. — Er sah dich früher, und ich sollte zürnen, daß er früher, als ich deinen Reizen huldigte? — Wenn ich ....

Bertha. O, wär es das allein! Aber daß er es wagte, seit du in deinem Weibe von Liebe zu sprechen — ....

Graf. Das wagte er? — Tod und Hölle, das wägt' er? — Gott im Himmel! die Tiefen

B   des

des Meers sind ergründet, und der Abgrund des
Menschenherzens nicht? — O Hanns! Hanns!

Bertha. Widerrufe diesen schrecklichen Auftrag!

Graf. (unruhig auf = und abgehend) Ich ver=
mags nicht! —

Bertha. Weh mir Verlaßnen!

Graf. (ihre Hand faffend) Nein, Bertha, ich
vermags nicht; ich will nicht. Kann etwas ihn
retten, so muß es dies. — Wie? Wenn sein Herr
ihm arglos sein höchstes Kleinod vertraut, so sollt'
er versucht werden, ihm es zu rauben? — Nein,
dies zu glauben, müßte man an Menschenwürde
zweifeln; und Weh' dem Elenden! — Nein! die
Natur geht allenthalben ihren stillen, leisen Gang.

Bertha. Daß meine Ahndung mich betröge! —

Graf. Glaube mir: ein Funke Tugend glimmt
in geheim, ihm selbst unmerklich, im Herzen des
niedrigsten Bösewichts; wär er dies, ach! dies
gränzenlose Hingeben, dies engelreine Zutrauen,
müßte den Funken zur Flamme aufblasen! — Arg=
wohn zeugt zehn Laster, gegen Eins, das er
verhütet.

Bertha. O Ernst! wenn du dich täuschtest!

Graf. Sey ruhig, es ist geschehen. — Er muß
dich schätzen, denn er liebt dich! —

Bertha. Und die Gefahr der heimlichen Nach=
stellungen, das Schlangengewebe der Verführung,
das dein Zutrauen anspinnt, rechnest du für nichts?

Graf. Für nichts, Bertha! Ich habe nichts
zu verlieren, als dein Herz! — und ich verliere
nichts,

nichts, wenn er mirs entreißt! — (Trompete blaſt)
Ich muß fort; leb wohl! — o meine Kinder!

Zehnter Auftritt.

Lamprecht, Heinrich.

(Auf den Grafen zuſpringend.)

Lampr. Wir haben ſie geſehen!

Heinr. Sie ſind zu Pferde.

Lampr. Sie ziehen fort! —

Heinr. Und Ihr auch, Vater?

Graf. Ich auch! — (er umarmt ſie) O meine
Kinder! meine Kinder!

Heinr. Wir wollen auch mit.

Graf. Lange werd' ich euch nicht ſehen! —
Nicht mit beglückender Aengſtlichkeit belauſchen den
leiſen Fortſchritt eures Seyns! Entbehren der ſtill-
ſten und doch höchſten Freuden des Menſchenſtands!
Gott ſey euer Vater!

Lampr. Ihr müßt uns auch mitnehmen.

Graf. Ich kann nicht.

Heinr. Wir wollen mit!

Lampr. Wir fürchten uns nicht vor dem Hengſt,
Heinrich iſt ſchon auf ihm geritten.

Graf. Seyd ruhig und bleibt.

Heinr. Wir wollen mit; wir reiſen mit.

Graf. Sieh zu, Berthá, wie ich ihrer los
werde.

B 2 Heinr.

Heinr. Wir laufen dir nach, Vater!

Lampr. Nur ein Stückchen laß uns mitreiten.

Graf. Ja, wie denn?

Heinr. Laß mich zu dir aufs Pferd sitzen.

Lampr. Mich auch! mich auch! (sie klammern sich an ihn.)

Graf. Laßt mich, Jungen!

Bertha. Versag ihnen diese kleine Bitte nicht. Muß ja dein Weib zurückbleiben.

Graf. Du willst's? Meinetwegen! (zum Castellan) Nimm und pack sie vorsichtig auf!

Der Castellan. (sich sprachlos auf seine Hand stützend.)

Graf. Was ist dir, Alter?

Castellan. Meine grauen Haare! Ich seh Euch nie wieder!

Graf. Gott mags wissen! wo nicht hier, doch dort! — Bewahre meine Burg redlich, wie bis jetzt.

Castellan. Hier will ich sterben.

Graf. Vater! mach mich nicht weibisch. — Geh! Gott behüte dich).

Lampr. und **Heinr.** (mit Castellan ab.) Holla! ho! zum Türken, zum Türken.

Graf. Was die Ritterknechte große Augen machen werden! Es wird ein lustiger Auszug! und bey Gott! doch so trauri's, meinem Herzen so feyerlich! Nun zum letztenmal, Bertha! geliebtes, theures Weib! leb wohl! leb wohl!

Bertha. (an seinem Hals hangend) Bewahre mir dein Herz! —

Graf.

Gräf. Man soll dirs senden, wenn ichs nicht wiederbringe! — Ich unterliege, Bertha! Leb wohl!

Bertha. (halb ohnmächtig sinkend.) Ernst! — Ernst! —

Elfter Auftritt.

Bertha allein.

Er ist fort! — Er hört mich nicht mehr! o wie viel vergas ich ihm zu sagen! — Ernst! Ernst! —

Zwölfter Auftritt.

Bertha, Hanns von Berga.

Bertha. Ha! Ihr folgtet ihm nicht? —

Berga. Sein Befehl! — Ich komme die Eurigen zu empfangen.

Bertha. Ist er fort? Unmöglich! Ist er wirklich fort? —

Berga. Ich hör' das Zittern der Brücke vom Hufschlag.

Bertha. Allmächt'ger Gott! Er ist fort, und Ihr bleibt zurück?

Berga. Als Euer Beystand, wie Ihr hörtet; und ich versichre Euch, gnädige Frau, mir soll's kein leerer Name seyn!

Ber-

Bertha, Berga! Berga! — Aber die Vergangenheit sey Euch ein schwerer Traum, wie mir. — Er weiß alles. — Ernsts Befehl sey Euch so heilig, als er mir ist! — Merkt's, bey der Unschuld des edlen Weibes wacht ein Engel: Liebe des Mannes. Versuchts nie, mit ihm zu ringen, oder zittert! — Warum Euer Blick so düster? — Wankt Ihr noch? — Berga! Wenn Vertrauen nicht Tugend zeugt, so kann selbst die Allmacht sie nicht schaffen! — Was auch geschieht, ich zittere nicht! O daß ich nie für Euch zittern müsse!

(ab.)

Dreyzehnter Auftritt.

Hanns von Berga allein.

Ist das ein sterbliches Weib? — O ich will niederknien und anbeten! — Wie? ists ein Engel, oder Satan, der mich gewaltsam auf diese Bahn zog? — Er weis alles? Ich will siegen oder im Kampfe untergehen! — Ernst! Ernst! ich will die große Schuld tilgen, oder Gott tilge sie nie aus meinem Buche!

Zwei-

Zweiter Aufzug.

Garten des Kalifen Othmann zu Alkalre.

Erster Auftritt.

Graf Ernst, Volgstatt (in Sklavenkleidern und Fesseln arbeitend.)

Volgstatt.

Ihr weint?

Ernst. Wer sieht es, als du?

Volgstatt. Genug! bin ich nicht Euer Kriegsgefährte? — Ist das der Muth eines teutschen Edlen?

Ernst. Ha! Muth ist die Kraft der Freyen, aber des gefesselten Sklaven?

Volgstatt. Herr! Freyheit ist Hochgefühl der Seele, und beym Himmel! diese soll, diese darf uns nicht verlassen, bis zum letzten Hauch. Unglück tragen, und ruhig tragen, und nicht unterliegen, und empor streben unter dessen Last, ist vielleicht des Muthes höchste Stufe. Es ist der Muth des Gefesselten, wenn er ruhig und frey aufschauen darf bey ihrem Klirren. Und wir vermöchtens nicht? Sind wir nicht Kriegsgefangene?

B 4   Ernst.

Ernſt. O des unglücksvollen Gedankens, Ptö-
lomais zu verlaſſen!

Volgſtatt. Wir ritten aus, wie's Kriegsmän-
nern ziemt, zum Streit und gerüſtet, — Nicht Tapferkeit, Menge hat uns überwältigt. Auch haben
wir den Sarazenen unſere Freyheit theuer verkauft.
Drey ſtürzten zu deinen Füßen, eh' man das Schwerd
dir entwandt.

Ernſt. Und zu den beinigen? (ihn umarmend)
Volgſtatt! Nichts jetzt von dieſer Szene. Harm
hat mein Herz ſelbſt zum Dank abgeſtumpft.

Volgſtatt. Stille davon!

Ernſt. Du konnteſt dich retten! —

Volgſtatt. Pfuy! fliehen als ein Feiger?

Ernſt. Dachteſt nur an mich! ſtürzteſt wütend
unter den Haufen, den meine glänzendere Rüſtung
an ſich zog, kämpfteſt, bluteteſt für mich! —

Volgſtatt. Sollt' ich Eidbrüchig werden an
meinem Lehnsherrn?

Ernſt. Ich legte dir dieſe Feſſeln an. Gerne
trüg ich die meinen, könnt' ich ſagen: Volgſtatt zieh
hin, du biſt frey und eigen, du, und alle deine
Haabe. —

Volgſtatt. Wenn ich nur auch wollte! Herr!
einem edlen Manne liegt viel daran, jemand anzugehören, dem er ſich hingeben kann, mit ganzer
Seele und allen ſeinen Kräften. Muthig, Ernſt!
Wir ſind jung und ſtark, und leben noch.

Ernſt. Aber wie? Auf ewig geſchieden von der
Heimath; — auf ewig getrennt vom Vaterlande?

Volgstatt. Die Zeit ist wetterwendisch. Und
wenn auch: es sind ja der Ritter und Edlen daheim, die werdens wohl wahren.

Ernst. Diese Fesseln sind deine einzigen.
Aber mich ketten unsichtbare, glühende an meine
Heimath! Bertha! meine arme Bertha!

Volgstatt. Wird ruhig am Rocken sitzen in
deinem Schlosse.

Ernst. Wenn sie erfährt —

Volgstatt. Zogst du nicht von ihr in den
Krieg, und in den Krieg für unsern Glauben? —
Ha! Ernst, sie ist ein teutsches Weib und wird
sich fassen. Sie ist fromm, und Gebet wird sie
aufrichten.

Ernst. Wüßtest du, wie sie an mir hängt! —
Es ist schrecklich!

Volgstatt. Das Weib des Kriegsmannes em-
pfängt mit dem Hochzeitkleide den Wittwenschleyer.
Und du liebst sie?

Ernst. Desto schrecklicher! Ruhe wohnet im
Grabe und duftet allmälig auch dem Ueberlebenden
zu. — Aber seine Lieben lebend zu wissen für die
Welt und todt für uns, auf ewig todt! —
Glaubt mir, dieser Schmerz ist peinvoller, als
Thränen auf der Leiche geweint.

Volgstatt. Das Weib hat aber auch gegen
den Schmerz der Waffen viel, die wir nicht kennen; der Tröstungen viel, selbst in ihrer Wehmuth!
— Und sie hat ja deine Knaben. —

Ernst. Arme Kinder! Sie sind verwaist! Sie
haben keinen Vater mehr!

B 5 Volg-

Volgstatt. Der biedere Landgraf wird es seyn — und Bertha's Beystand.

Ernst. Ich werde sie nie wiedersehen!

Volgstatt. Vielleicht einst als unsre Befreyer.

Ernst. Täuschung! — Ach der Kinderlose hat keinen Begriff für die Wonne, sich im Sohn wieder zu sehn! für die Bitterkeit, auf immer von sich selbst zu scheiden, ohne tröstenden Blick auf Zukunft.

Volgstatt. Schwermuth, lieber Herr, ist ein finsterer tückischer Mahler — Komm! Ich seh den Aufseher. — Laß uns muthig arbeiten und dem Barbaren selbst Ehrfurcht abzwingen. —

Zweyter Auftritt.

Achmet, Vorige.

Achmet. Ihr feyert?

Volgstatt. Herr! wenn der Teutsche feyert, sinnt er auf neue Arbeit. Zählt unser Tagwerk und das der andern.

Achmet. Ich bin zufrieden.

Volgstatt. Wir sind fertig.

Achmet. Fertig? — Beym Allah! wahr! und die Hunde dort sollen erst anfangen.

Volgstatt. Zeigt uns, was wir weiter thun.

Achmet. Nichts! — Sklaven! euch blüht ein großes Glück.

Ernst. Uns?

Ache

Achmet. Der Sultan will euch sprechen.

Volgstatt. Der Sultan?

Achmet. Und er hatte einen sanften Schlaf heute, wie mir Haßan sagte.

Volgstatt. Wirklich?

Achmet. Hat einen milden, freundlichen Blick.

Volgstatt. Was Ihr sagt!

Achmet. Schlürfte den ganzen Becher Sabet hinab, der sonst oft zur Hälfte stehen bleibt.

Volgstatt. Wichtig!

Achmet. Seine Stirne war glatt, als er den Harem verließ — sagt man,

Volgstatt. Und was will er uns?

Achmet. Er hat von eurer Gegenwehr gehört, — Er will die Franken sehen, die ihm fünf baare Sarazenen kosten. — Er denkt, ihr seyd wohl mehr, als ihr sagt.

Volgstatt. Er irrt, Achmet. — Kopf und Faust machen den Mann. Wir haben Reisige und Knechte, die mehr thaten.

Achmet. Horcht wohl auf, was er fragen wird. Fallt nieder, wenn ihr sein majestätisches Antlitz erblickt.

Volgstatt. Der Teutsche blickt frey hinauf, selbst zur Sonne, selbst zu Gottes Thron.

Achmet. (drohend) Sklaven! (sich fassend) Er will eure Herkunft wissen. Antwortet rein. Eine Lüge kostet den Kopf. — Wartet hier: (im Abgehen sich wendend) Laßt gelegenheitlich ein Wort vom guten Achmet fallen! Versteht ihr? ich werds euch gedenken.   (ab.)

Drit-

Dritter Auftritt.

Ernſt, Volgſtatt.

Volgſtatt. Das Hoffchranzengezücht! — Der Wurm iſt ihm wichtig, wenn er an der Sonne kriecht.

Ernſt. Was werden wir dem Sultan ſagen?

Volgſtatt. Wahrheit, wie's uns Teutſchen gebührt.

Ernſt. Wie? Wir entdecken ihm unſre Herkunft, unſern Stand?

Volgſtatt. Warum nicht? Wenn ers nun doch erführe, und wir ſollten vor einer Lüge erröthen? Pfuy!

Ernſt. Wenn er aber großes Löſegeld fordert?

Volgſtatt. So laßt Ihr mich hier und löſt Euch.

Ernſt. Volgſtatt! das glaubteſt du von mir? — Nein, treuer Gefährte, wir ſind unzertrennlich. Deine Feſſeln ſind die meinigen.

Volgſtatt. Laßt mich ſorgen, edler Herr, uns löſt Euch. —

Ernſt. Womit?

Volgſtatt. Ihr habt ja daheim Guts und Lands genug.

Ernſt. Und die ſoll' ich drücken um meinetwillen? — Meine armen Leute ausſaugen, das Mark ihres Fleißes, den Schweiß ihrer Mühe für meine Freyheit? — Wahrlich, Volgſtatt, du kennſt
mich

mich nicht. Ihre Seufzer würden mich schwerer drücken, als diese Ketten. —

Volgstatt. Wer gäbe nicht gern sein letztes Scherflein, dich wieder zu haben?

Ernst. Desto mehr empört sich mein Herz, sie zu nehmen. Sie haben genug zu thun mit sich und den ihrigen in dieser schweren Zeit. — Was sollte mir dann die Freyheit um diesen Preis? — Wüßt' ich, ein einziger meiner Lehnsleute müßte dann darben Einen Tag um meinetwillen, ich würde des Lebens nie mehr froh. — Sie sollen weinen, lieber Volgstatt, aber nur über mein Unglück.

Volgstatt. Und doch zogt Ihr nur aus um des heiligen Glaubens willen.

Ernst. Dann wird auch unser gnädiger Herr an uns denken, wenn er kann.

Volgstatt. Seht dort wieder die Weiber aus dem Harem.

Ernst. Laß uns auf die Seite gehn. Jedes weibliche Gesicht erinnert mich an Bertha. — Komm, ich will uns die Grillen wegpfeifen, weil wir Muse haben.

(entfernen sich.)

Vierter Auftritt.

Fatime, Zaide.

Fatime. Siehst du ihn? dort gehen sie! dort!

Zaide. Wenn dies Achmet sähe! (sich umschauend)

Fatime. Er ist ja nicht da, und wenn auch. —

Zai

Zaide. Du weißt das Geſetz.

Fatime. Laß ihn kommen, er mag ſchmälen, wenn ich ihn nur ſehe.

Zaide. Schmälen? Und wie es meinen armen Landsleuten gehen, wie er ſie mißhandeln würde!—

Fatime. (lebhaft) O nein! nein! das ſoll, das darf er nicht!—(traurig) Sie ſind fort.

Zaide. Sie bemerkten uns, und wiſſen das Geſetz des Harems.

Fatime. Deine Landsleute, ſagſt du? Und du kennſt ſie nicht.

Zaide. Mein Vaterland iſt ein großes, weites Reich; es hat der Menſchen und der Völkerſchaften viel.

Fatime. Aber auch ſolchen? ſo edel, ſo groß, ſo lieb?

Zaide. Ein ſchöner Mann, in der That.

Fatime. O daß ich in dieſem Paradieſe wäre!

Zaide. Er ſcheint edler Herkunft.

Fatime. Und du kennſt ihn nicht? Gewiß iſt er irgend ein Kalife, oder Sultan.

Zaide. Es giebt der Edlen viele bey uns.

Fatime. Auch ſeinen Namen weißt du nicht?

Zaide. Noch hört' ich ihn nie.

Fatime. Guter Gott, weißt ich nur ſeinen Namen! Es iſt ſo traurig, etwas zu lieben, das man nicht nennen kann.

Zaide. Du liebſt ihn, Prinzeſſin, und haſt ihn nie geſprochen?

Fatime. Muß man denn sprechen, wenn man liebt? Ich empfinde das anders. Wie ist's denn bey dir, Zaide? Unterrichte mich doch!

Zaide. Man liebt dort auch, um viel zu sprechen.

Fatime. Nein, nein. Schweigen will ich, aber ihn bey mir haben, ihm nahe seyn, ihm ins blaue Auge schauen, und indeß seine lange Haarlocken, oder seine Ketten empor heben, daß sie minder ihn drücken, — Geh', ruf' ihn her; sag ihm das.

Zaide. Um Gotteswillen, was fordert Ihr?

Fatime. Warum nicht? — Ich will ihn ja nur sehen.

Zaide. Mein Leben stünde auf dem Spiel.

Fatime. (Sie küssend) Sorge nicht, Zaide! mein Vater liebt mich.

Zaide. Dich würde er schonen, aber mich, deine Sklavin träfe sein ganzer Zorn.

Fatime. Ach! ich kann weinen, und dann wird er sanfter, als eine Taube.

Zaide. Du — — Kein Mann soll sich dem Harem nahen.

Fatime. Unglückliche Fatime! Wofür bin ich denn da? Diese Bäume, diese Blumen sah ich seit meiner Kindheit. Sie ekeln mich an. — Soll' ich leben um ihretwillen?

Zaide. Lebe für den Gemahl, den dir der Sultan dir bestimmte.

Fa

Fatime. Ach, unſre Männer lieben ſo nicht! und ich will lieben, ſag' ich dir, und geliebt werden auch. — Ruf ihn doch, liebe Zaide! —

Zaide. Verſchone mich!

Fatime. Horch! hörſt du ſeine Flöte? — Hat wie dieſe Töne mir ins Herz bringen! Lauf, laß alle meine Vögel fliegen. — Doch nein, blaſe nur. — Gehſt du noch nicht?

Zaide. Ich darf nicht!

Fatime. Horch! Er hört auf! O er wird weggehen! Lauf, lauf! —

Zaide. (wehmuthsvoll) Du willſt meinen Tod?

Fatime. (an ihren Hals) Dein Leben hängt an meinem; ſorge nicht!

Zaide. Ich gehe! — aber verbirg dich jetzt; ich ſehe dort den Sultan und Achmet.

(auf entgegengeſetzten Seiten ab.)

Fünfter Auftritt.

Sultan. Achmet.

(Hinter ihnen Gefolg.)

Sultan. Achmet!

Achmet. (zur Erde gebeugt.) Beherrſcher der Gläubigen!

Sultan. Rufe ſie hither.

Achmet. Ich fliege!

Sultan. Fünf der unſrigen verloren wir bey ihrer Gefangennehmung?

Ach-

Achmet. Fünf Rechtgläubige fielen unter den wüthenden Streichen dieser ungläubigen Hunde.

Sultan. Schande für sie, Ehre für die Franken.

Achmet. Tapfere Männer!

Sultan. Ich will sie sehen.

(Achmet entfernt sich. Man breitet nach orientalischem Ceremoniel den Teppich; der Sultan setzt sich.)

Sechster Auftritt.

Ernst, Volgstatt, (von Achmet geführt.) Vorige.

Sultan. Beym Ali! stattliche Männer!

Achmet. (zu Ernst und Volgstatt) Nieder! nieder! zur Erde!

Ernst. (mit Würde) Nein! der freye Teutsche kniet nur vor Gott und seinem Kaiser.

Achmet. Wie? Verwegner! (drohend)

Sultan. Laßt sie! — Sklaven!

Ernst und Volgstatt. (sich bückend.) Herr!

Sultan. Ihr habt fünf meiner besten Leute niedergemacht.

Ernst. Wir kämpften für unsre Freyheit und sind Kriegsmänner.

Sultan. Brav! — (zu Volgstatt) Er war gefangen. Euch verfolgte niemand, ihr sah't die

C   Men-

Menge; ihr rittet in den dickſten Haufen, um euch Feſſeln zu holen — das war tollkühn.

Volgſtatt. Er iſt mein Kriegsgefährte. Sollt ich ſchändlich ihn laſſen in der Noth? — Bey uns ſtirbt der Waffenbruder mit dem Waffenbruder!

Sultan. Recht! — Beym großen Propheten, recht! Und ſo denken Ungläubige? — Verſprecht ihr, bey mir zu bleiben, bis ich euch ſelbſt ziehen laſſe?

Ernſt.
Volgſtatt.} Wir verſprechens.

Sultan. (zu Achmet) Nehmt ihnen die Feſſeln ab! — Wer tapfer iſt, iſt auch redlich!

Achmet. (im Ton der Verſtellung.) Schrecken der Ungläubigen!

Sultan. (heftig.) Gehorſam! — Werdet ihr mich täuſchen?

Ernſt. Herr! den Teutſchen bindet Wort m e h r, als Eid und Ketten.

(Man nimmt ihnen die Feſſeln ab.)

Ernſt und **Volgſtatt** (werfen ſich zu des Sultans Füßen.) Gebieter! leſt unſern Dank in dieſen Thränen!

Sultan. Gut! — Wer ſeyd ihr?

Ernſt. Teutſche Kriegsmänner. Mein Name iſt Ernſt, der Thüringer. Dieſer heißt Volgſtatt.

Sultan. Was bewog euch mit den Ungläubigen gegen uns auszuziehen?

Ernſt. Lehnspflicht! Wir folgten unſerm gnädigen Herrn, dem Landgrafen von Thüringen.

Sul

Sultan. Verheelt mir nichts. Ihr seyd edler Herkunft. Alles verräth euch.

Ernst. Wir sind arme Reisige unsers gnädigen Herrn Landgrafen.

Sultan. Wohl dem Herrn, der solche Kriegs=männer hat. — Wer ihr auch seyd; ich ehre euren Muth! (zu Achmet und dem Gefolg) Entfernt euch! —

Achmet. Sohn des Lichts! Es sind Ungläu=bige!

Sultan. (mit bedeutender Verachtung) Ritters=männer! Krieger! — Geht!

Siebenter Auftritt.

Sultan, Ernst, Volgstatt.

Sultan. Bleibt bey mir!

Volgstatt. Wir sind Euer.

Sultan. Ich will euch Würden geben und Stellen unter meinem Kriegsvolk, nach dem Rang eurer Tapferkeit.

Ernst. Unsre Arme sind zu Eurem Dienst gegen alle Eure Feinde, unsre Landsleute ausgenommen.

Sultan. Warum verlassen sie Weiber und Hei=math, und ziehen aus, uns einen Fleck Landes abzuzwingen, der ihnen nicht frommt? —

Ernst. Unser Herr und Heiland wandelte dort in seiner Laufbahn.

Sultan. Ich versteh' euch nicht. Glaubt, was ihr wollt: aber nehmt den Turban.

Ernst.

Ernſt. Wir ſind gebohren und getauft auf unſern heiligen Glauben, und wollen ehrlich beharren dabey, bis zur letzten Stunde.

Sultan. Betet ihr nicht den Gott an, den wir anbeten? Es iſt nur Ein Gott! und Mahomet iſt ſein Prophet.

Ernſt. Herr! wir ſind Chriſten; fromm und einfältig in unſerm Glauben. Zürne nicht.

Sultan. Seyd unbeſorgt. Ihr ſolltet meine Freunde ſeyn; — drum bedenkt euch! —

(Auf ein Zeichen erſcheint Achmet mit dem Gefolge; der Sultan entfernt ſich.)

Achter Auftritt.

Ernſt, Volgſtatt.

Volgſtatt. Hatt' ich nun Recht, dich zu ermannen? Glaubteſt du wohl, daß dieſe Feſſeln ſo bald von unſern Händen fallen würden?

Ernſt. (ihn umarmend.) Vergieb mir! vergieb mir, und richte immer mich auf, wenn ich wanke.

Volgſtatt. Traue der Vorſicht! — Wir ſind nun frey; unſer Wort allein bindet uns, und leicht iſt dem Mann von Ehre dieſes Band.

Ernſt. Auch ſchwer! doch keimen neue Hoffnungen wieder auf.

Volgſtatt. Wir dienen einem gütigen Herrn, keinem Barbaren, wie unſer Pöbelvolk ſie alle ſchildert; einem Herrn, der uns traut: und das iſt

dem

dem redlichen Diener viel werth, — Bey Gott!
dabey könnt' ich der Heimath selbst vergessen.

Ernst. Auch des Weibes? Auch der Kinder!

Volgstatt. Warum nicht? wenn ihnen wohl
ist. Hättest du dich ihm doch entdeckt!

Ernst. Nimmermehr!

Volgstatt. Ist er der Mann, es zu mißbrauchen? — Gewiß, Herr, es wäre nur eine Stufe
näher zu seiner Freundschaft. — Mich brannte es,
dich zu verrathen. Vertrauen fordert Vertrauen. —
Hinweg — dort seh' ich die Prinzessin!

(Sie entfernen sich.)

Neunter Auftritt.

Fatime (unter dem Portikus des Harems, der an
den Garten stößt.) **Zaide.**

Fatime. Sie sind fort! Alles fort. Ruf ihn
nun, gute Zaide.

Zaide. (unentschlüßig.) Prinzessin!

Fatime. Was schwur ich dir?

(Zaide geht zu Ernst und Volgstatt.)

Zehnter Auftritt.

Ernst und Volgstatt (an der andern Seite des
Gartens, indeß Fatime im Portikus wandelt.)
Zaide.

Zaide. Willkommen hier, theure Landsleute!

Ernst. Du unsre Landsmännin? und hier?

Zaide. Ich bins, eine Teutsche, wie ihr.

Volgstatt. Und wer? wie? woher?

Zaide. Mein Vater ist ein Rittersmann aus
Jülich, — Es sind zehn Jahre, da zog er hin mit
andern Waffengenossen ins gelobte Land. Er war
alt und ich hieng an ihm mit kindlicher Zärtlichkeit,
entwich aus unsrem Schlosse, ihm nach, ihn zu
pflegen und zu warten. Er war zurück mit einem
Thüringer; ich traf ihn nicht, eilte ebenfalls zurück,
und ward gefangen.

Volgstatt. Sklavin also, wie wir?

Zaide. Gefesselt durch Freundschaft und Liebe
an das edelste, sanfteste Weib, die Tochter des
Sultans.

Ernst. Die Prinzeßin?

Zaide. Dort ist sie, und verlangt Euch zu sehen.

Ernst. Mich?

Zaide. Euch; deswegen schickte sie mich hieher.
Wie ist Euer Name? —

Ernst. Ernst, der Thüringer,

Zaide. Kommt!

Ernst. Fräulein! Ich glaubte, die Gesetze des
Harems —

Zaide.

Zaide. Sie ist verständig, gebildet, des Vaters Liebling, und darf viel wagen.

Ernst. Aber wie? wenn der Sultan erführe —

Zaide. Seyd unbesorgt, sie will Euch wohl, und ihr Schutz, ihr Wort vermag mehr, als der Sultan selbst; denn sie beherrscht ihn durch Engelgüte.

Ernst. Was kann sie wollen?

Zaide. Gehorcht! — Es kann Euer Glück seyn. — Geht! indeß weil' ich bey Eurem Freund, uns zu laben an Erzählungen und Geschwätz von der werthen Heimath.

(Zaide und Volgstatt entfernen sich. Ernst naht sich Fatimen, die den Portikus verläßt und ihm entgegen kömmt.)

Elfter Auftritt.

Fatime, Ernst.

Fatime. (für sich) Er trägt keine Fesseln mehr! — Ich werde dirs danken, guter Achmet! (zu Ernst) Du gehorchst unwillig, Fremdling? Du zögerst? Ist dir meine Gegenwart zuwider?

Ernst. Soll der Sklav nicht zittern, wenn er vor seine Gebieterin tritt?

Fatime. Ich bin es nicht; ich will es nicht seyn. — Laß mich deine Freundin werden.

Ernst. Prinzessin! Eure Huld erniedrigt mich nur mehr.

C 4   Fa-

Fatime. Wo bist du her, lieber Fremder?

Ernst. Ein Teutscher.

Fatime. Gewiß ein edler; deine Stirne, dein hohes großes Aug', deine Bildung verräth dich.

Ernst. Ein armer, geringer Rittersmann, Prinzeßin; weiter nichts.

Fatime. O daß ich die Erde sehen könnte, die solche Sprossen treibt von niederm Gesträuch! Und doch ists ein kaltes Land, wie man sagt.

Ernst. Mag seyn: Aber es zeugt Menschen heißen Gefühls.

Fatime. Wirklich? Und man liebt auch bey Euch?

Ernst. Wo hat die Liebe in der weiten Schöpfung nicht ihren Wohnplatz?

Fatime. Und wie?

Ernst. Man giebt sich mit ganzer Seele dem Weibe hin.

Fatime. (freudig) Gewiß? Und Eure Weiber?

Ernst. Hangen einzig am Mann, und einst am Ebenbilde, den Kindern, und so treibt die Liebe fort in immer neuen Blüthen.

Fatime. Glückliche, seelige Gefilde! Und du konntest sie verlassen? Was zog dich hieher?

Ernst. (traurig) Höhere Liebe.

Fatime. Höhere? Ich erstaune.

Ernst. Liebe zu dem Gott, den ich anbete; zu dem Glauben, den ich bekenne.

Fatime. Ich liebe deinen Glauben. Er erwärmt die Seele; ich habe von ihm gehört.

Ernst.

Ernſt. Er iſt dem Chriſten alles: Ruhe in Geſahr, Troſt im Leid, Muth in Todesnoth.

Fatime. Auch betet ihr zu einem Weibe, ſagt man?

Ernſt. Wir verehren ſie.

Fatime. O des ſüßen Glaubens für unſer Geſchlecht! Das Weib ängſtet, erleidet, fühlt ſo viel, was es nur dem Weibe vertrauen kann! — Einſt ſollt Ihr mir mehr davon ſagen! (nach einer Pauſe, die ihre ſteigende Bewegung, Unruhe und Verlegenheit ausdrückt) Ihr liebt die Muſik, guter Ernſt?

Ernſt. Als Knab lehrte mich einſt ein Mönch, die müßigen Stunden hinwegflöten; jetzt verkürzt mirs die traurigen.

Fatime. (zärtlich und theilnehmend.) Ihr trauret, Lieber?

Ernſt. Sollt' es der Sklave nicht?

Fatime. Ihr ſeyd nicht gern bey mir!

Ernſt. Prinzeſſin! bey Euch vergißt der Elendeſte, wo und was er iſt.

Fatime. (traurig) Ihr ſehnt Euch wohl nach Eurer Heimath?

Ernſt. Ach! welchem Menſchen, welchem Thiere iſt ſie nicht ſein Paradies? Die frohen ſorgloſen Szenen der Kinderjahre gaukeln dort ſcherzend und tröſtend neben uns bis zur Krücke.

Fatime. (trauriger) Bekenn mir's nur: dein Herz blieb dort.

Ernſt. Weſſen Herz zög' Eure Huld nicht an ſich?

Fat

Fatime. Du ſchmeichelſt mir und ſah'ſt mich doch nie.

Ernſt. Engel verkündet die Glorie, die ſie um=giebt.

Fatime, Ob mein Geſicht dich nicht Lügen ſtraft? — (hebt den Schleyer auf.)

Ernſt. (im ſprachloſen Entzücken und Erſtaunen zu ihren Füßen fallend.)

Fatime. Lieber! ſchein' ich dirs noch?

Ernſt. Dein Reiz erhöht mir das niederdrücken=de Gefühl meines Unwerths und Elendes; ſchone mein, Prinzeſſin!

Fatime. Nenne mich: Fatime! —

Ernſt. Iſt das der Name eurer überirrdi=ſchen Weſen?

Fatime. (ihn bey der Hand faſſend.) Deine Fatime!

Ernſt. Ein Sklave dürfte dies wagen?

Fatime. Von jetzt an, der meinige. Ich ver=lange dich von meinem Vater. (ihren Arm um ſeinen Nacken ſchlingend und ihn mit dem höchſten Ausdruck der Zärtlichkeit anblickend) Ach! ich fürchte, ich bin die deinige.

Ernſt. (ſich ſanft ihren Arm entziehend.) Du vergißt meine Herkunft.

Fatime. Herkunft? — Edle, liebende Weſen haben ja nur Eine. — In dieſem offnen blauen Au=ge ſpiegelt ſich hoher Sinn; Mitgift der Natur und ihre Krone! — Meine Seele deckt kein Schleyer. — Ich liebe dich, ſüßer Fremdling!

Ernſt. Prinzeſſin! —

Fatime. (mit ängstlicher Zärtlichkeit) Und du?

Ernst. (In dem heftigsten Kampf mit zitternder Stimme) Schont meiner! Womit verdient' ein Unglücklicher Eure Liebe?

Zwölfter Auftritt.

Zaide, Volgstatt, Vorige.

Zaide. Man wird Euch im Harem vermissen!

Fatime. Nie wird man dort meine Seele mehr finden.

Zaide. Kommt! ich beschwör' Euch.

Fatime. (zu Ernst.) Ich werde dich wieder sehen!

Ernst. Ich erwarte Eure Befehle.

Fatime. Befehle?— Die Liebe hofft, wünscht, fleht, fleh't — sie befiehlt nicht. — Könnt' ich der Zeit doch Zefirs Flügel ansetzen bis zum Wiedersehen.

(mit Zaiden ab.)

Dreyzehnter Auftritt.

Ernst, Volgstatt.

Volgstatt. Bey allen Heiligen, ich fasse das nicht! —

Ernst. Gott! wie ist mir!

Volg.

Volgstatt. Was war das? Was sagte, was wollte sie dir?

Ernst. Wunder! — Sie liebt mich!

Volgstatt. Sie? die Prinzessin? die Tochter des Sultans? Dich? —

Ernst. Nur zu gewiß. Mit der offnen, liebenswürdigen Unschuld - einer Heiligen entdeckte sie mirs so eben.

Volgstatt. Und was verlangt sie?

Ernst. Liebe um Liebe.

Volgstatt. Wunderbar genug! — Aber entdecktest du ihr denn nicht?

Ernst. Was sollt' ich?

Volgstatt. Daß du daheim ein Weib hast?

Ernst. Ach!

Volgstatt. Ein edles, geliebtes Weib?!

Ernst Ich vermochts nicht.

Volgstatt. Du vermochtests nicht?

Ernst. Sollt' ich das zarte holde Geschöpf beugen? zurückstoßen?

Volgstatt. Warlich, Herr, ich versteh' Euch, ich kenn' Euch nicht mehr.

Ernst. Warum, Lieber?

Volgstatt. Seyd Ihr der biedre teutsche Mann, mit ganzem Sinn an seinem häuslichen Weibe hangend und an ihren kleinen Engeln, Euren Knaben? Was für ein Geist spukt in Euch?

Ernst. Freund! ich kenne mich selbst nicht mehr. Diese heiße, zauberische Luft hat meine Seele abgespannt, meiner Phantasie Flügel angesetzt, und glühend strömt mein Blut zum Herzen! — Es ist

mir

mir so bang und so wohl. — Mein eignes Wesen ist mir unbegreiflich.

Volgstatt. Sonderbar!

Ernst. O daß wir hin könnten in unsre Wälder und Gebürge, wo Frost und Eis die Kräfte spannt, die Seele hebt und die Nerven stählt. — Es würde, es müßte anders werden.

Volgstatt. Der Satan der Ruhe und des Müßiggangs könnt' uns entnerven. — Laß uns zum Kalifen gehen und Dienste fördern, oder Freyheit. — Komm!

Ernst. Ich folge dir!

(Volgstatt ab.)

Vierzehnter Auftritt.

Ernst allein.

(In stummen Kampfe umhergehend.)

Bertha! Bertha! — Flücht' ich denn umsonst zu diesem heiligen Namen? — Rastloses Sehnen treibt mich umher! — Lamprecht, Heinrich! o meine Kinder! mein Alles! ich will, ich muß zu Euch! Seyd meine Schutzengel gegen mein unbegreifliches Selbst! Fort! ich will fliehen! — Aber Volgstatt? Aber mein Wort! mein Wort? Ein Christ, ein Deutscher gab's einem Ungläubigen; er löste edelmüthig seine Bande! Schändlich! — Umsonst! — Ha! hier ist

ist Treulosigkeit Tugend! — Leb' wohl, Fatime!
Fort, fort, Ernst, du bist sonst verlohren!
(Verzweiflungsvoll ab.)

Ende des zweyten Aufzugs.

Dritter Aufzug.

Erster Auftritt.

Ernst, allein.

Bin ich wieder hier? Vermocht' ich wohl zu fliehen? — Hier sah ich sie. Hier flattert ihr lieb-
licher Odem noch in der Luft; hier hob sie ihren
Schleyer und mir öfnete sich der Himmel mit all'
seiner Herrlichkeit! — Hier fesselt mich Wort und
Pflicht. — Wenn Volgstatt mich vernißt hat! —
Ernst! Ernst! was ist mit dir vorgegangen?

Zweyter Auftritt.

Fatime und Zaide (unter dem Portikus.)

Fatime. Er ist fort! — Eil ihm nach, Zaide,
ich will, ich muß ihn sprechen,

Zaide.

Zaide. Prinzeffin, bedenkts, was Ihr Eurem Stande schuldig seyd.

Fatime. Fatime liebt, Fatime will geliebt, will glücklich seyn! Ich bin nur Fatime!

Zaide. Doch ein Weib! und dem ziemt es nicht, sich vorzudrängen. Zurückhaltung ist die erste Tugend unsers Geschlechts.

Fatime. Zurückhaltung? Und das nennst du Tugend? Die Natur gab mir ja dies Herz. Seit ich ihn sah, umfaß ich alles mit brennender Liebe; alle Wesen, diese Rosen, diese Bäume sogar sind meinem Herzen so nah! Ich möchte Liebe ausgießen auf alles, was um mich ist und webt.

Zaide. Süßes Geschöpf!

Fatime. Alles um mich her sollte froh seyn und glücklich. — Und das wäre nicht Tugend?

Zaide. Wo ist die Seele, die das alles fasse und erwiedere?

Fatime. Ernst hat sie! — sie blickt aus seinen großen liebevollen Augen.

Zaide. Du sprachst ihn nur Einmal. Kennst du ihn auch genug?

Fatime. Verwandte Seelen kennen sich, finden sich, spät oder früh, hier oder dort. Wohl mir, ich fand die Meine!

Zaide. Heil'ger Gott! wenn ein solches Herz getäuscht würde!

Fatime. Sorge nicht, Liebe! Er ist ein edler und tapferer Mann. In seinem Arme schläft die Unschuld ruhig.

Zaide.

Zaide. Aber wozu nützt dir dieſe Leidenſchaft, die dich nur unglücklich machen kann?

Fatime. Unglücklich? War ich's nicht, als dieſes Herz, öde wie die brennende Wüſte, an nichts haftete? Sehnſuchtsvoll ich am Morgen die Arme ausſtreckte nach der holden Schöpfung täuſchender Freuden? — Und jetzt ſollt ichs ſeyn, oder werden? jetzt, da die Morgenröthe zum erſtenmal mich freundlich anlächelt? Lieb' und Empfindung mein Weſen verklärt?

Zaide. Und ans Ende denkſt du nicht?

Fatime. Mit Entzücken! Ich werde hinüberſchlummern an ſeiner Bruſt, und Mahomet wird zugleich uns hinführen zum Thron der Gottheit und Liebe.

Zaide. Fatime, du vergißt dich! Vergißt, daß es ein Sklave, deines Vaters Sklave iſt, den du liebſt.

Fatime. Für mich iſt er der Herrſcher der Schöpfung.

Zaide. Wenn der Sultan dieſe Neigung entdeckt, wird er ſie nicht entehrend, nicht ſtrafbar finden?

Fatime. Könnt' er das?

Zaide. Er wird euch trennen.

Fatime. (in ihrem Buſen ſich verbergend) Trennen von ihm?

Zaide. Man wird ihn mit Feſſeln belaſtet in den fürchterlichſten Kerker werfen.

Fatime. (mit ſteigender Angſt) Hör' auf, Grauſame!

Zaide.

Zaide. Vielleicht ihn mit erfinderischer Wildheit langsam peinigen und tödten!

Fatime. (außer sich) O stille, Furchtbare!

Zaide. Wie dann, Fatime? Wirst du dich nicht anklagen als seine Mörderin? nicht blutige Reuethränen weinen über seiner Leiche?

Fatime. Nein! denn auch ich würde nicht mehr seyn.

Zaide. So laß den Unglücklichen!

Fatime. Du tödtest mich!—

Zaide. Vergieb der Stimme der Freundschaft und Pflicht. Vergiß ihn! die Natur hat einen unübersteiglichen Abgrund zwischen euch gerissen.

Fatime. Ich will hinabstürzen an seiner Hand.

Zaide. Wie?

Fatime. Fliehen!—

Zaide. Heiliger Gott!

Fatime. In eurem Vaterlande wird doch, irgend Eine gastfreye Hütte seyn, zwey arme Liebende aufzunehmen.

Zaide. Man wird euch verfolgen.

Fatime. (ihren Dolch aus dem Gürtel ziehend.) Dann hat er Muth und ich!

Zaide. Wird er aber auch wollen?

Fatime. (traurig) Du erschreckst mich!

Zaide. Bist du denn seines Herzens gewiß?

Fatime. Ach, Zaide! Zaide! du weißt es besser.— Kann er ein Herz zurückstoßen, das ihn umfaßt mit so gränzenloser Zärtlichkeit?

D   **Zaide.**

Zaide. Nein, Fatime! Aber er ist kein Jüngling, er ist Mann; wenn er nun liebte, liebte in seiner Heimath?

Fatime. Schrecklich!

Zaide. Abwesenheit und Leiden diese Liebe mit Strahlen umfaßte?

Fatime. Namenlos schrecklich!

Zaide. Wie dann, meine Freundin?

Fatime. O daß mein sorgloses, allzuempfindliches Herz daran nicht dachte!

Zaide. Zwar nur Vermuthung. —

Fatime. Wohl mir! du weißt nichts?

Zaide. Aber wenn sie wahr wäre!

Fatime. O ruf' ihn! ich will, ich muß es wissen! Die Pein der Hölle ist nichts gegen das, was ich leide.

Zaide. Ruhiger, Fatime!

Fatime. Mitleid! Vielleicht ist es zum letztenmal.   (Zaide ab)

Dritter Auftritt.

Fatime allein.

Unglückliche Fatime! Wenn es wahr wäre, wenn er liebte! dein Herz verschmähte!

Vier=

Vierter Auftritt.

Fatime, Ernst.

Fatime. (ihm entgegen) Du weichst mir aus? Ich sehe dich nie ungerufen.

Ernst. Prinzessin! Ehrfurcht verbietet mirs.

Fatime. Ehrfurcht? damit erwiederst du meine Liebe?

Ernst. Ich bin ihrer unwerth.

Fatime. Als ob man darüber selbst richten könnte! — Als ob ichs selbst vermöchte! — Kalifen warben um meine Hand, und ich blieb ungerührt; ich sah dich und liebte dich. Dahin war mein Stolz, ich kannte von dem Augenblick keinen, als: dein zu seyn. Und so lohnst du mirs?

Ernst. Was kann ein Sklave mehr, als Euch im Staube bewundern und anbeten?

Fatime. Ists das, was ein Herz wie meines verlangt? Ernst! Ernst! willst du die Gewalt mißbrauchen, die ein zauberähnlicher, unwiderstehlicher Zug dir über das Herz eines liebenden Mädchens giebt?

Ernst. Nein! nein! bey unserm Gott, mit meines Blutes letzten Tropfen möcht' ich dein Glück erkaufen!

Fatime. Ich kenne keins, als dich zu sehen, dir nahe zu seyn. — Wo warst du indeß?

Ernst. Laßt mich schweigen.

Fatime. Du tödtest mich!

　　　　　　　Ernst.

Ernst. Verzweiflungsvoll irrt' ich umher. Das Gefühl meines Elendes trieb mich fort. — Ich versucht' es, zu fliehen.

Fatime. Fliehen! Allein? Entsetzlich! und wohin?

Ernst. Fort! fort von einer Gegend, wo mein eignes Selbst sich verliert, alles mich fesselt und fortstößt, alles mich peinigt.

Fatime. (schmerzvoll) Auch meine Liebe?

Ernst. Wüßtet Ihr —

Fatime. Du willst fliehen, Treuloser, und dein Wort hält dich nicht zurück? —

Ernst. Ach! Tugend lag in diesem Meineid.

Fatime. Fliehen, und ein Weib zurücklassen, dessen Herz du fühllos durchbohrtest?

Ernst. O vergebt mir!

Fatime. Ahndetest nicht, daß sie dir folgen, daß sie dich aufsuchen würde am Ende des Erdkreises? Ha! und fänd ich dich dann, so blieb mir noch Ein Mittel, dich nie mehr zu verlassen. (zeigt auf den Dolch in ihrem Gürtel.)

Ernst. Schrecklich!

Fatime. Ernst! Ernst! hätt' ich mich getäuscht — und dieses sanfte Auge, sonst doch der Seele treuer Spiegel, wär' die trügerische Larve eines kalten fühllosen, für der Liebe Adel und Freuden unempfänglichen Herzens? — Hätt' ich! o weh mir!

Ernst. Beym Himmel, nein! seine Glut, seine Empfänglichkeit für Liebe ist mein Unglück.

Fatime. Und was bewog dich zurückzukehren?

Ernst.

Ernst. Laß mich schweigen davon auf ewig.

Fatime. Nimmermehr.

Ernst. (zu ihren Füßen) Fatime! dein Reiz, diese Engel gleiche, unaussprechlich süße Zartheit und Unschuld der Empfindung, hat meine Seele aufgelöst in Gefühle, mir selbst unbegreiflich! — Hat mein Wesen entzündet mit unerklärbaren Flammen. — Ich vermags nicht, zu fliehen, nicht, zu bleiben! Nicht mehr diese zermalmende Blicke! Laß mich in öder Abgeschiedenheit mein verlornes Selbst wieder suchen.

Fatime. Steh' auf. (sich an seinen Nacken lehnend) O wenn das wahr wäre!

Ernst. Wahr! bey dem Wort eines Teutschen, nur zu wahr! —

Fatime. Und doch wolltest du mich verlassen? — Wenn aber auch wahr wäre Zaidens Ahndung?

Ernst. Zaidens?

Fatime. Eine Geliebte deiner Heimath dich hinweggriffe aus meinem Arm?

Ernst. (äußerst betroffen) Fatime!

Fatime. Einzig besäße ein Herz einen Mann, ohne den Fatime nicht länger leben kann, leben will?

Ernst. Ists möglich? Ihr glaubt —!

Fatime. O bekenne mirs, bey dem, was dir heilig und werth ist, bekenne mirs!

Ernst. Schone mein! —

D 3　　　　　　**Fünf-**

Fünfter Auftritt.

Achmet, Vorige.

Achmet. (nach orientalischer Verbeugung) Prinzessin! der Sultan kommt, Euch zu sprechen.

Fatime. Ich erwarte seine Befehle. (zu Ernst) Alsdann sollt Ihr mehr mir erzählen!

(in den Portikus vorwärts.)

Sechster Auftritt.

Achmet, Ernst.

Achmet. Wie kommst du hieher?

Ernst. Die Prinzessin ließ mich rufen.

Achmet. Geh! ich werde dir Arbeit anweisen.

(Ernst ab.)

Siebenter Auftritt.

Achmet allein.

Erzählen? Mehr erzählen? — Wir wollen sehen! — Ja! ja! ich kenne schon diese Vorliebe für die Franken. — Beym Ali, Achmet! das ist eine Entdeckung für den Sultan, die dein Glück machen kann, — Haßan! Haßan! deine Stelle ist mein.

A ch=

Achter Auftritt.

Sultan und Gefolg.

Sultan. Trafst du meine Tochter im Garten?

Achmet. Ja, mein Gebieter!

Sultan. Wird sie kommen?

Achmet. Sie erwartet Euren Befehl.

Sultan. (giebt Einem der Verschnittenen ein Zeichen. Zu Achmet.) Geh!

Achmet. Beherrscher der Gläubigen!

Sultan. Was willst du?

Achmet. Pflicht bringt mich, Euch eine wichtige Entdeckung zu machen.

Sultan. Rede!

Achmet. Ich traf hier die Prinzessin in Unterredung mit Ernst, dem Christensklaven.

Sultan. Was noch?

Achmet. Sie war allein.

Sultan. Unter Gottes freyen Himmel? — Weiter!

Achmet. Auch Haßan, der Oberaufseher des Harems, abwesend.

Sultan. Und dir lüstet nach seiner Stelle?

Achmet. Verzeiht!

Sultan. Elender! du zweifelst an Fatimens Tugend?

Achmet. Mein theurer Gebieter!

Sul-

Sultan. Genug! höre! ich habe Fatimen erlaubt, Menschen zu sprechen. Denn Menschen, bilden den Menschen! – Gehe!

(Achmet entfernt sich beschämt.)

Neunter Auftritt.

Fatime, Sultan.

Sultan. (winkt dem Gefolg zurückzugeben) Theure Fatime! (küßt sie auf die Stirne) Aurora erwacht nicht so schön, als du heute glühst!

Fatime. Eure Liebe ist die Morgenröthe; dies nur der Wiederschein.

Sultan. Dein ist das Glück meines Alters. — Der immer wache, nie satte Neid weiß dies, und darum sucht er es zu vergiften.

Fatime. Wie, mein Vater?

Sultan. Man befleckt deine Tugend mit schwarzem Verdacht. Man zeyht dir ein Verständniß mit einem der Sklaven, die ich der Fesseln entließ.

Fatime. O mein Vater! (zu seinen Füßen sinkend.)

Sultan. Ruhig. Du sieh'st, ich lächle. Du ließt ihn rufen?

Fatime. Ja, mein Vater.

Sultan. Womit unterhielt er dich?

Fatime. Mit anmuthigen Erzählungen von den Sitten seines Volks und ihrer Weiber.

Sul-

Sultan. Gut! Diese elenden Unwissenden haben keinen Begriff für den wahren Genuß des Lebens. Du weißt, ich verlebte einen Theil meiner Jugend unter fremden Völkerschaften. Dort sah' ich deine Mutter, dort und in ihren Armen lernte ich, daß Kenntnisse unsere Glückseligkeit erhöhen, und daß Zwang und Mauern ein elender Wahn der weiblichen Tugend sind. — Nach diesen Grundsätzen erzog ich dich, als deine Mutter starb; und so blühtest du auf, gleich einer Rose, und der Duft deiner Anmuth, deiner Kenntnisse, gießt Wonne und Freude über die letzten Tage meiner Wallfarth.

Fatime. Mahomet lasse ihr Ziel weit entfernt seyn!

Sultan. Der Wink meiner Väter ruft mich am Abend des Daseyns in ihren Reihen. — Dein Glück vorher fest gegründet zu sehen, ist jetzt mein einziger Wunsch. Und deswegen kam ich, mit dir zu sprechen.

Fatime. Eure Liebe, Euer Wohl! und nichts fehlt zu meinem Glück.

Sultan. Meine Pflicht ist, dich an meiner Hand der Bestimmung der Natur entgegenzuführen; dir einen Beschützer zu wählen, wenn ich nicht mehr es seyn kann.

Fatime. Hinweg, mein Vater, mit dem fürchterlichen Gedanken!

Sultan. Der Kalife Omar, du weißt's, wirbt längst um deine Hand. Er ist ein tapfrer, edler und sanfter Mann. Ich bestimme ihn für dich.

Fatime. (entsetzt) Mein Vater!

D 5 **Sul**

Sultan. Er hat mein Wort. — Morgen kommt er, dich abzuholen.

Fatime. (mit dem Schrey des Entsetzens zu seinen Füßen sinkend.)

Sultan. Fatime! Tochter! was ist dir?

Fatime. Tödtet mich., oder widerruft dieses fürchterliche Urtheil!

Sultan. Was ist dir? ich begreife dich nicht.—

Fatime. Euch verdank' ich alles, mein Da=seyn, meine Bildung. — Wollt Ihr alles zurück=nehmen?

Sultan. Ich will dein Glück, und diese Ver=bindung wird es gründen.

Fatime. Unabsehliches Elend!

Sultan. Fatime! Wenn ein jugendlicher, ta=pfrer, edler Gemahl dich nicht beglücken kann, wer soll, wer könnt' es denn?

Fatime. Ihr! — Laßt mich an Euch hangen, nur leben für Euch, und von und für Eure Liebe!

Sultan. Ich bin alt: und was bliebe dir dann?

Fatime. Euer Grab.

Sultan. Widerstrebe nicht; geliebte Tochter!

Fatime. Mitleid, mein Vater!

Sultan. Er hat mein Wort.

Fatime. Nun — dann habe der Tod das meine!

Sultan. Fatime! ist das der Lohn all' meiner Zärtlichkeit, meiner Sorgfalt für dich?

Fatime. Vernichtet mich, oder zürnt; es ist Eins für mich.

Sul

Sultan. Gehorche!

Fatime. Dort unter den friedlichen Platanen soll mein Staub ruhig Eurer Befehle harren.

Sultan. (nach einer Pause voll Kampfes, worin der Zorn den Sieg erringt) Zittre, Undankbare!

(entfernt sich. Fatime bleibt unbeweglich auf der Erde liegen.)

Zehnter Auftritt.

Fatime, Zaide.

Fatime. Mein Vater! mein Vater!

Zaide. (herbeyeilend sie aufrichtend) Gott! was ist dir?

Fatime. Undankbare! — Laß mich sterben in seinem Arm, und dankbar will ich dir mein Daseyn zurückgeben.

Zaide. Ich fasse das nicht: Was ist vorgefallen?

Fatime. (an ihren Busen) Ach! du würd'st es nie fassen; denn nur in diesem Lande kann man bis auf einen solchen Grad elend werden.

Zaide. Du, mit all' diesen glänzenden Ansprüchen auf Glück?

Fatime. (mit schmerzvollem Lächeln) Ein geheimer Wurm nagt in dieser gleißnerischen Blume. — Genug! ich bin gefaßt; aber, Zaide, wenn dir Fatimens Tage lieb sind, so rufe meinen Ernst. — Augenblicklich ruf ihn. —

Zaide. Wie? du wagtest noch?

Fa

Fatime. Diese Momente entſcheiden über alles. Du zögerſt? — (ihr um den Hals fallend) Mein Daſeyn hat alſo keinen Werth mehr für dich?

Zaide Ich fliege! koſtete es auch das Meine! Ha! hier iſt er ſelbſt! —

(ſie entfernt ſich.)

Elfter Auftritt.

Fatime, Ernſt.

Fatime. (an ſeinem Hals) Man will uns trennen!

Ernſt. Ich komme dir das letzte Lebewohl zu ſagen.

Fatime. Du?

Ernſt. Der Sultan hat die Bitte meines Freundes gewährt. Er ſendet uns in ſeine Provinzen gegen die Rebellen.

Fatime. Du wollteſt mich verlaſſen?

Ernſt. Krieg und Tod kann mich allein — mir ſelbſt, kann mir Ruhe geben.

Fatime. Und Fatime? was ſoll aus ihr werden?

Ernſt. Vergiß mich auf ewig!

Fatime. Das kannſt du verlangen? (ſie reicht ihm ihren Dolch.) O vollende, Geliebter! tödte mich, wenigſtens als deine Braut, eh' ich die eines andern werden muß!

Ernſt. (beſtürzt) Eines Andern?

Fa=

Fatime. Mein Vater verkündete mir die Ankunft meines neuen Gemahls.

Ernst. Wenn das?

Fatime. Jetzt! Du zögerst? Ich hasse das Leben ohne dich).

Ernst. Fatime!

Fatime. Ernst!

Ernst. (den Dolch sinken lassend, und in Thränen ausbrechend.) O Fatime! Weh mir, daß ich dich sah! —

Fatime. Du liebst mich nicht?

Ernst. Ob ich dich liebe? Daß du mein wärst! seyn könntest! seyn dürftest!

Fatime. Du liebst mich? O alle Houris des Paradieses hört es: er liebt mich!

Ernst. Heilige des Himmels! werft einen erbarmenden Blick herab auf den Verbrecher!

Fatime. Du wolltest doch mich verlassen?

Ernst. Ich muß! —

Fatime. Wie der Epheu die Ulme, umschling ich dich: Ich bin deine Welt! Grab und Paradies haben in mir und dir nur Ein Wesen.

Ernst. Fatime! du bedenkst nicht. —

Fatime. Alles!

Ernst. Was willst du?

Fatime. Fliehen!

Ernst. Fliehen?

Fatime. An deiner Seite!

Ernst. Wohin?

Fatime. In deine Heimath.

Ernst.

Ernst. Gott, du weißt nicht! du ahnd'st nicht! —

Fatime. Die Gefahren? Lächelnd geh' ich den furchtbarsten entgegen.

Ernst. Am Arm eines Sklaven?

Fatime. Meine Liebe krönt ihn.

Ernst. Hülflos, beraubt all' seines Eigenthums? Elend und Mangel würde dich verfolgen, und dieser Anblick mich tödten.

Fatime. Ich habe Kleinodien und sie sind dein.

Ernst. Ha! du verachtest mich; ich bin ein Teutscher, ein Edelmann.

Fatime. Stolzer! Ist das Liebe: dem Geliebten sein Glück nicht verdanken wollen?

Ernst. Nein, nein; der Mann muß dem Weibe nichts verdanken, als ihre Liebe.

Fatime. Selbstsüchtiger! o wie weit hast du zu der Zartheit des weiblichen Gefühls, das Wonne findet in dem Gedanken, alles hinzugeben, für seinen Geliebten! Doch du willst; hinweg also mit diesem glänzenden Nichts! — Mangel soll dich nie erreichen! — Fatime kann arbeiten, kann Früchte auflesen für dich und Wurzeln für sich selbst.

Ernst. Engel! schone meiner mit dieser zauberischen Güte. — Wüßtest du, was ich fühle in diesen furchtbaren Momenten!

Fatime. Ich, Ernst, fühle nur die Wonne, dir anzugehören.

Ernst. Wie? Du bist also entschlossen? —

Fatime. Nicht mehr von dir zu weichen! dich zu begleiten an der Welten Ende!

Ernst.

Ernst. All' die Gefahren, die Verfolgungen eines erzürnten — eines mächtigen Vaters, die Mühseeligkeiten einer langen Reise in ferne Gegenden, tödtlich so manchem Manne, rechnest du für nichts! — Vergißt die Zartheit dieses himmlischen Körpers, gewebt von der Natur aus ihrem edelsten, ätherischem Stoffe?

Fatime. Liebe wird mich geleiten über Felsen und Dornen, über Gebürge und Abgründe! und wenn ich falle, fall' ich an deiner Seite.

Ernst. Fatime! Fatime! Pein der Verdammniß ist nichts gegen mein Leiden.

Fatime. Falscher! du suchst Ausflüchte!

Ernst. Erbarmung, Geliebte!

Fatime. Folge mir!

Ernst. Holdes, süßes, allmächtiges und unbegreifliches Wesen, Erbarmung!

Fatime. Ernst, was ist dir?

Ernst. Die Hölle wüthet in meinem Busen.

Fatime. Ich versteh' dich nicht!

Ernst. Höre das schrecklichste — und du wirst mich versteh'n — und verabscheuen!

Fatime. Dich?

Ernst. Gottheit, Natur, Gesetze, alles hat einen furchtbaren unübersteiglichen Abgrund zwischen uns geöfnet!

Fatime. Zwischen uns? Kaum athm' ich noch; rede!

Ernst. Laß mich schweigen, um des großen Gottes willen, laß mich schweigen!

Fa-

Fatime. O rede, oder ich ſterbe zu deinen
Füßen.

Ernſt. Laß mich fort, eh' Schaam und Ver=
zweiflung mich todt zu den deinigen ſtürzt!

Fatime. Ernſt! der furchtbare Todesengel hört
mich, rede oder ich bin ſein auf ewig! (ſie nimmt
den Dolch wieder auf.)

Ernſt. (mit verdecktem Geſicht, ſinnlos zu ihren
Füßen ſtürzend.) Ich habe ein Weib!

Fatime. (in ſprachloſem Erſtaunen einige Zeit
ſtehen bleibend.) Ein Weib! (ruhig und zärtlich.)
Und das verbargſt du mir?

Ernſt. Laß mich fort; mich vor dir und dem
ganzen Erdkreis auf ewig verbergen.

Fatime. (noch zärtlicher.) Ein gutes, edles
Weib?

Ernſt. (glühend) Nächſt dir das edelſte!

Fatime. Ein geliebtes Weib?

Ernſt. Es ſind neun Jahre, daß ſie mich liebt!
an mir hängt mit treuer, feſter, keuſcher, tugend=
ſamer Zärtlichkeit.

Fatime. Und du liebteſt ſie nicht, Undank=
barer?

Ernſt. Verbanne mich von deinem Anſchaun,
von allem irrdiſchen Glük; aber ſchätze mich wenig=
ſtens! Ja, Fatime, ich liebe ſie.

Fatime. Steh' auf, Geliebter! —

Ernſt. Wie? und doch wär' ich dir noch
werth?

Fatime. Theurer als jemals. Sie iſt dein
erſtes Weib, ſie hat Anſprüche auf dein Herz, die
der

der armen Fatime fehlten. Ihr gebührt der erste
Platz in deinem Herzen; aber laß mir den zweyten!

Ernst. Himmel! — Sie ist mein Weib, mein
angetrautes Weib!

Fatime. Und Fatime dein zweytes!

Ernst. Gott!

Fatime. Dein Glaube ist der meine. Er be=
stätige unsern Bund.

Ernst. Ists möglich?

Fatime. Nein, Ernst! diese neidische, selbst=
süchtige Liebe, die alles allein fordert, nach al=
lem ausschließend geizt, ist nicht die meinige.
Ich liebe dich! Nichte mich in dir! — Ich liebe
dein Glück. Der Friede deiner Seele ist der
Meine. Du liebst dein Weib, und dir liegt Freu=
de in dem Gefühl! — Liebe sie! — Sie hängt
an dir, und ihre Zufriedenheit. Sollt' ich hämisch
sie trüben? — Ernst! blick in dieses Herz; es ist
Flamme darinnen; euch Beyde und mein Glück mit
heißer Liebe zu umfassen.

Ernst. Süßes, überirdisches Wesen! hienie=
den ist nicht deine Heimath. — Du fürchtest nicht?

Fatime. Daß dein Weib mich haßt? Sorge
nicht, Theurer! Ich will ihr dienen mein Leben=
lang; will ihre Sklavin seyn; will horchen auf je=
den ihrer letzten Wünsche und Gedanken. — Sorge
nicht, Fatime ist ein so harmloses, friedliches Ge=
schöpf. Gewiß, sie wird es freundlich aufnehmen;
Sie wird mir gönnen einen Winkel in eurer Hütte;
und deine Liebe wird mir alles überschwenglich loh=
nen.

E

Ernst.

Ernſt. Ach, Fatime! dieſe himmliſche Sanft=
muth vollendet nur mein Unglück.

Fatime. Wie, Ernſt! Noch kehrt der Friede
nicht in deine Seele zurück?

Ernſt. Er iſt auf ewig dahin!

Fatime. Unbegreiflicher, Undankbarer!

Ernſt. Eine undurchdringliche Mauer ſteht zwi=
ſchen uns.

Fatime. Wir reißen ſie nieder!

Ernſt. Wag' es nicht, ſie iſt heilig.

Fatime. Wer errichtete ſie?

Ernſt. Meine Kirche, mein Glaube! —

Fatime. Dein Glaube? Er verbóthe drey ein=
trächtigen Weſen, daß ſie ſicher und friedlich ſich
lieben dürfen? Unmöglich! Wenn das dein Glaube
iſt, ſo glaubſt du nicht an den Gott, den ich an=
bete! denn er iſt die Quelle der Liebe! aus ihm
fließt die meinige, rein und unſchuldig, wie er ſelbſt!

Ernſt. Unſre Geſetze verurtheilen mich.

Fatime. Iſt dein Vaterland nur die Heimath
der Verbrecher und Böſewichter? Hat keuſche tu=
gendſame Liebe dort keine Freyſtatt? Wohlan; die
Schöpfung, ſagt man, iſt unermeßlich, uns ein
kleiner Raum ſoll uns genügen.

Ernſt. Mitleid, Geliebte! Fühlteſt du, wie
all' das auf mich ſtürmt, mich zermalmt! —

Fatime. Faſſe dich! Aber ſpiele nicht grauſam
mit der Ruhe eines liebenden Weibes! — Wenige
Stunden ſind noch mein. — Bald erwart' ich dich
wieder! —   (entfernt ſich.)

Zwölf=

Zwölfter Auftritt.

Ernst allein.

Weh' mir! weh' mir! Fatime! Bertha! — O
daß ich versinken könnte in diesen Abgrund von Leiden und Zweifeln, von Scham und Reue! ——
Bertha! treues, edles Weib, ich sollte meineidig
dich verlassen? — Unmöglich! bis zum Tode hang
ich an dir! Fatime! himmlisches Wesen, deren
Anblick mit zauberischer Allmacht mein ganzes Daseyn in Liebe und Empfindung auflöst, die du mit
überschwenglicher Zärtlichkeit mich liebst, dich sollt'
ich fühllos ermorden? — Heilige des Himmels,
betet und ringt für mich! — Ich erliege! — Ha,
Volgstatt!

Dreyzehnter Auftritt.

Volgstatt, Ernst.

Volgstatt. Wo bist du, Herr? der Sultan
vermißt dich.

Ernst. Unruhe und Kummer treibt mich umher.

Volgstatt. Kummer? — Das Glück lächelt
uns freundlich. Der Sultan schenkt uns sein Vertrauen. — In einer Stunde reisen wir.

Ernst. Vermöcht' ichs doch!

Volgstatt. Wie, Graf? Unsre Kameele sind
gepackt. Komm!

E 2

Ernst.

Ernſt. Umſonſt!

Volgſtatt. Ich verſteh' dich nicht. — Der Sultan löſt unſere Bande, und du trauerſt? Er übergiebt uns ſein Kriegsvolk, und du zögerſt? Du, dem Kampf und Krieg ſonſt Feſt war?

Ernſt. Ach! damals.

Volgſtatt. Was iſt dir? Was hält dich hier?

Ernſt. Mehr als Feſſeln und Tod.

Volgſtatt. Herr! was iſt mit dir vorgegangen? Seit wann verſchließt du mir dein Herz?

Ernſt. Oeff'n es und du wirſt blutige Thränen weinen.

Volgſtatt. Unbegreiflich! welcher böſe Geiſt wütet in dir?

Ernſt. (noch im heftigen Kampf) Liebe!

Volgſtatt. Wie? Liebe? und jetzt?

Ernſt. Die Prinzeſſin liebt mich.

Volgſtatt. Ich weis es. Aber du?

Ernſt. Ich Unglücklicher bete ſie an!

Volgſtatt. (mit edlem Unwillen) Bertha's Gemahl?

Ernſt. Ha! dies iſt der Geiſt mit dem ich ringe!

Volgſtatt. Unmöglich, der edle Graf von Gleichen, ſonſt mit teutſchen Biederſinn an ſeinem treuen Weibe hangend, könnte nun ſie verſtoßen?

Ernſt. Beym Allmächtigen, nein!

Volgſtatt. Warſt du nicht immer der Mann deines Weibes, treu und keuſch, wies einem Edlen ziemt, und du wollteſt nun vergeſſen den Schmuck deines Adels? mit Füßen treten, was Sitte und
Glau=

Glaube dir gebeut, und einer buhlerischen Liebschaft
fröhnen?

Ernst. Halt ein!

Volgstatt. O der unerhörten Treulosigkeit!
Deine arme verwaiste Bertha, das Muster weib=
licher Tugend und Keuschheit, sollte aufgeopfert
werden schändlicher Wollust? — O des abscheuli=
chen Verraths!

Ernst. (ihm Fatimens Dolch reichend) Räche sie,
und tödte mich!

Volgstatt. Ernst! Ernst! — Hat denn dieser
heiße Himmelsstrich alle Kraft in dir aufgetrocknet
zur Tugend emporzustreben? — Alles Besinnen,
was du warst, was du bist, was du dir schuldest
und deinem Stande?

Ernst. O hätt' es! o brennte es doch nicht
hier!

Volgstatt. Hast du vergeßen, daß du Gatte
bist und Vater?

Ernst. Hinweg! Ueberlaß mich mir selbst! —
Ich ertrage dein Anschauen nicht länger! hinweg!

Volgstatt. Ich will es! — Ich erkenne dich
nicht mehr! Dem redlichen, dem tapfern, dem bie=
dern Grafen schwur ich meinen Lehens=Eid! — Er
ist nicht mehr, und der Eid ist gelöst! — Dem
teutschen, dem keuschen, dem edlen Ernst schwur
ich, zu folgen bis zum Tod. — Er ist dahin,
er ist im Grabe für mich — und ich bin des
Schwurs quitt — (im Begriff abzugehen.)

Ernst. (ihm nachsehend) Und keine Thräne,
nicht Eine Thräne für den Unglücklichen?

Volgstatt. Hier brennt sie hin —

Ernst. Volgstatt!

Volgstatt. (mit Rührung) Ernst!

Ernst. (in seine Arme) Laß mich fest an dein Herz drängen, daß ich sein werth werde!

Volgstatt. Unglücklicher, folge mir!

Ernst. Ich kann nicht!

Volgstatt. (ihn loslassend) Wie?

Ernst. Soll ich fühllos ein holdes Geschöpf opfern, das mit schuldloser Seele sich mir hingiebt?

Volgstatt. Fliehe! eh' Wahnsinn dich ergreift,

Ernst. Kenntest du Fatimen! Ganz Anmuth und Lieblichkeit, ganz Unschuld und Natur! ganz Güte und Sanftheit! — Ich habe Glauben und Tugend, irrdische Liebe zu bekämpfen, aber sie ist ein himmlisches Wesen,

Volgstatt. Gut! und was willst du mit ihr?

Ernst. Ihre Mutter war eine Christin. Von ihr sog sie Liebe ein zu unserm Glauben, sie wird ihn annehmen. —

Volgstatt. Und dann?

Ernst. Unsere Freyheit bewirken, ziehen mit uns in unsere Heimath.

Volgstatt. (ihn scharf ins Aug' fassend.) Und dann, Ernst! und dann?

Ernst. (furchtsam die Augen niederschlagend) Und dann? —

Volgstatt. Du hast ein Weib!

Ernst. Sie weis es!

Volg=

Volgstatt. Und du wolltest ihre Treue erwie=
dern mit Treulosigkeit?

Ernst. Bey Gott! Nein!

Volgstatt. Liebst sie noch?

Ernst. So wahr mir der Himmel gnädig sey!
Auf ewig! Auch das weiß sie!

Volgstatt. Auch das? Aber auch unser Ge=
setz?

Ernst. Volgstatt! Wenn die Natur nur zwey
Wesen schaft, gleich edel, gleich liebenswerth, mit
gleicher beharrlicher, einziger fester Leidenschaft an
Einem Manne hangend, nur ihn und gerade
ihn liebend in der weiten Schöpfung. — Was ge=
beut ihm das Gesetz? — Welcher soll er den
Dolch ins Herz stoßen? Auf welcher Grab mit
der andern den Bund der Liebe feyern?

Volgstatt. Bertha ist dein erstes, dein einzi=
ges, dein rechtmäßiges Weib.

Ernst. Könnt' ich acht Jahre meines Lebens
zurückrufen, und Bertha und Fatime hätten mein
Herz gespalten, wie jetzt! —

Volgstatt. Und das Ende alles dessen?

Ernst. Weiß ich es selbst? —

Volgstatt. Armer Freund! Wie weit geht die
Bezauberung, die deine Vernunft fesselt! Glaubst
du, der Sultan von Alkaire werde je zugeben, daß
seine Tochter ihn, ihren Stand, ihren Glauben ver=
lasse, um Christensklaven nachzuziehen?

Ernst. Lasse des Schicksals Wogen ihr Spiel!

Volgstatt. Was verlangst du von mir?

Ernst. Zög're unsre Abreise!

Volg=

Volgstatt. Gut, ich will es! — Aber, Graf,
handelt nicht treulos an Eurem Weibe, schändet
nicht Euer Vaterland, oder es wird eine Zeit kommen, wo ich — ja ich selbst, Euch vor seinem Rich-
terstuhle anklage!

(Ab.)

Vierzehnter Auftritt.

Ernst allein.

Furchtbarer! Wenn Schande mich brandmarkt,
so mag dort mein Schatten dir antworten! — O
des drückenden Gewichts der Tugend! Vermocht'
ichs wohl, ihm Fatimens Plan zu entdecken? —
Was fesselte mich? — Stille! — Mir selbst wag'
ich ja nicht, ihn zu bekennen! (in stummer Verzweif-
lung umhergehend) Bertha! Fatime! Könnt' ich
doch dieses Selbst theilen, und jeder hingeben
mein ganzes, verdoppeltes Wesen! — Weh
mir! Wahnsinn ergreift mich! — Volgstatt! —
Mein Schwerd, mein Schwerd! Fort mit dir! im
Tod' ist Ruhe! — Wie? auch hier steht ihr an
meiner Seite? — Hinweg! himmlische Gestalten! —
Hinweg! Flamme ist jetzt mein Wesen, sie wird
euch nahend verschlingen und auf ewig mit sich selbst
vereinen! — Hinweg! —

(im höchsten Sturm der Leidenschaft ab.)

Vier-

Vierter Aufzug.

Zimmer, im Harem des Sultans.

Erster Auftritt.

Der Sultan (auf einem Sopha, Gefolg hinter ihm.) Achmet.

Achmet. (sich niederwerfend)

Beherrscher der Gläubigen!

Sultan. Was willst du?

Achmet. Verleiht Eurem Sklaven geheimes Gehör!

Sultan. (winkt dem Gefolg) Sprich!

Achmet. Ich habe Verrätherey entdeckt!

Sultan. (bestürzt). Verrätherey? —

Achmet. Schändliche, furchtbare Verrätherey, im Innersten Eures Harems, und gegen Euer geheiligtes Haus!

Sultan. Ist's möglich? Deutlicher!

Achmet. Die Prinzessin, Eure Tochter, liebt Ernst, den Christensklaven.

Sultan. (aufspringend) Wie? Wahnsinniger! von neuem wagst du's, die Tugend zu verläumden?

Achmet. Licht der Rechtgläubigen! furchtbarer Gebieter! schenkt mir Gehör!

E 5   Sul-

Sultan. Ha! Verwegener, zittere!

Achmet. Mein Kopf versöhne meine Schuld, wenn ich lüge!

Sultan. Beweise, oder er soll fallen!

Achmet. Mit diesen Augen sah ich's, daß sie ihn in ihren Armen hielt. ———

Sultan. Fatime? meine Tochter? einen Sklaven?

Achmet. Mit diesen Ohren hört' ich, wie sie ewige Liebe ihm schwur!

Sultan. Fatime? die Lilie der Keuschheit und Sittsamkeit? Unmöglich! du rasest!

Achmet. Noch mehr — sie nahm Abrede, heimlich aus Eurem Reiche zu flüchten! —

Sultan. (wütend) Wache! Wache! Ergreift ihn! — (Indem die Wache vorbringt, weist er sie zurück; geht unruhig umher, und wendet dann ruhiger sich zu Achmet) Achmet, wenn du mich täuschtest!

Achmet. So fließe mein Blut.

Sultan. Wenn Neid, unsinnige Eitelkeit dich verleiten könnten, deinen Herrn zu betrügen. —

Achmet. Ich habe nur Ein Leben und es ist dein! —

Sultan. Sklave! Tausend würd' ich dir entreißen, und die Schuld wäre nicht getilget! — Sprich! Wo? Wann hörtest du das?

Achmet. Im Garten des Harems; ich stand unbemerkt hinter einer Laube.

Sultan. Elender! —

Achmet. Meine Pflicht, meine Treue reizte mich.

Sul

Sultan. Und was sprach der Franke?

Achmet. Lange wankte er, endlich schien er ein=
zuwilligen.

Sultan. Wozu?

Achmet. Mit ihr zu entfliehen.

Sultan Beym Mahomet, du lügst!

Achmet. Er verschließe das Thor des Parabie=
ses für mich, er stürze mich hinab in die siebente
Hölle, wenn ich nicht die Wahrheit sage!

Sultan. Ich habe sein Wort!

Achmet. Er ist ein Ungläubiger!

Sultan. Ein Teutscher! Ich kenne dieses
Volk, es ist bieder und hält Wort!

Achmet. Was vermag nicht Schönheit?

Sultan. Bedenks! Wenn du mich täuschtest;
alle Pein der Höllen ist nichts gegen die Martern,
die dein warten!

Achmet. Ich zittre nicht, mein Gebieter!

Sultan. Wohlan! ich werd' ihn rufen lassen.
(Er ruft dem Offizier der Leibwache und giebt ihm Be=
fehl.)

Sultan. Du hast alles gehört?

Achmet. Alles, mein Sultan!

Sultan. Und nichts vom Vater? Der arme
Vater ward nicht erwähnt?

Achmet. Ja, Gebieter! Thränen flossen bey
deinem Andenken!

Sultan. (zu einem Offizier der Wache) Nehmt
ihn in Verhaft! Euer Kopf haftet mir für ihn!

(Man führt Achmet ab.)

Zwey=

Zweyter Auftritt.

Sultan allein.

Unmöglich! unmöglich! — So könnte die Prin=
zeſſin ihrer Hoheit vergeſſen? So die Tochter, die
geliebte Tochter des grauen Vaters?

Dritter Auftritt.

Offizier der Leibwache. Sultan.

Offizier. Sultan! der Chriſtenſklave!.
Sultan. Bringt ihn!

Vierter Auftritt.

Ernſt, Vorige.

Ernſt. (ſich niederwerfend) Euren Befehl, mein
Gebieter!

Sultan. (winkt dem Gefolg ſich zu entfernen.)
Sklave! betrogſt du mich nicht? Biſt du ein Teut=
ſcher?

Ernſt. Herr! bey meinem Gott, ich bin es.

Sultan. Biſt du von dem Volk, das man
rühmt als bieder, als Sklave ſeines Worts, das
darum das Vertrauen hat aller Nazionen?

Ernſt. Ich bin es, und ſtolz darauf.

Sul=

Sultan. Wer löste gutmüthig deine Fesseln?

Ernst. Ihr, mein edler Gebieter! der Himmel vergesse mich, wenn ich das je vergesse!

Sultan. Gabst du dein Wort, dich nicht zu entfernen, bis ich dich entlasse?

Ernst. Ich gab es!

Sultan. Wer vertraute dir, im festen Glauben auf den Ruf deines Volks und auf deine Tapferkeit, sein eignes Kriegsvolk, die Vertheidigung seiner eignen Hoheit?

Ernst. Ihr, großmüthiger Sultan, und der letzte Tropfen dieses Bluts soll dafür fließen.

Sultan. Du lügst, Verräther! Du brachst dein Wort! Du betrogst mich, Meineidiger!

Ernst. Nein, Sultan!

Sultan. Läugne nicht! Tollkühner! Alles ist entdeckt!

Ernst. Wer sagt's?

Sultan. Wie? Du wagst's noch?

Ernst. Gieb mir Waffen! und mit der letzten Kraft, mit dem letztem Tropfen dieses Bluts will ichs dem Elenden beweisen, daß er schändlich gelogen hat! — Gebt mir Waffen!

Sultan. (geht unruhvoll umher, endlich wendet er sich ruhiger zu Ernst.) Du liebst Fatimen?

Ernst. (zu seinen Füßen sinkend.) Wahr! sie liebt mich.

Sultan. Und du?

Ernst. Verzeiht! wer könnte der Allmacht dieser Reize widerstehen?

Sul.

Sultan. Wahnſinniger! Elender Sklave! du wagſt's, deine Augen zur Prinzeſſin von Alkair zu erheben? . . . .

Ernſt. (mit Würde) Herr! auch unſer Volk hat Fürſten, groß, erhaben und mächtig, und meine Liebe würde ſie nicht ſchänden.

Sultan. (geht wieder einige Zeit unmuthsvoll umher, dann ſanfter zu Ernſt.) Chriſt! biſt du Vater?

Ernſt. (mit unterdrückter Wehmuth) Ich bin's!

Sultan. (anfangs ruhig, dann mit allmälig ſteigendem Affekt.) Du biſt Vater, Unglücklicher, und konnteſt den Gedanken faſſen, einem Greis ſein Kind zu entreißen? — Seine einzige ängſtlich gepflegte Lilie? Den Troſt, die Stütze ſeines Alters? ſein einziges, einziges Kind? — Meuchelmörderiſch wollteſt du ihm mit dem ſicherſten aller Dolche das Herz zerfleiſchen? Fliehen, und den jammernden Vater zurücklaſſen, ſeine grauen Haare ausreißend, mit ſeinem Geſchrey umſonſt den weiten Aether erfüllend, und ſo verwaiſt, troſtlos zum Grabe wankend? Verworfner! das wollteſt du? . . . .

Ernſt. Bey allen Heiligen, nein! . . . .

Sultan. Und wen? deinem Wohlthäter, deinem Herrn, der deine Feſſeln löſte, dir vertraut unumſchränkt? — Hinweg! Ungläubiger! Du ſchändeſt ſelbſt deinen Glauben und dein Volk!

Ernſt. Hört mich!

Sultan. Hätteſt du nach meinem Leben geſtrebt, ich vergäbe dir's; eine Hand voll Thon iſt kein Todesurtheil werth. — Aber, Elender! du vergifteteſt die Unſchuld meiner Tochter, ſtrebteſt nach

dem

dem einzigen Kleinod, das diese Tage mir noch werth
machte, nach der einzigen Blume, deren Duft mich
noch erquickt, und bereitetest so für mich Tod in jedem übrigen Moment meines Lebens! — Stirb dafür, Elender! stirb mit Schmach und Schande, als
brandmarkt! —

Ernst. Ich achte das Leben nicht, aber fürchte
Schande! und darum hört mich, eh' ich zum Tode
gehe. —

Sultan. Sprich! Es sind deine letzten Worte.

Ernst. Du hast geliebt, Sultan; denn Fatime ist der Liebe Kind — Sie liebte mich! Sie
zeuge, wenn ich nicht mehr bin, ob ich diese Liebe
entflammte und nährte. — Ich bin erzogen zu den
Waffen. Mein Handwerk ist Krieg — nicht weich-
liche Schwelgerey. Aber die magische Gewalt dieses anmuthigen überirrdischen Wesens, ich bekenn'
es, löst mein ganzes Seyn in Liebe und Empfindung auf! — Du kennst sie, du liebst sie; sie ist
dein fortgesetztes Selbst! Strafe mich dafür, wenn
du kannst! — Auch unschuldige Liebe schweift rast-
los umher im Gebiete harmloser Träume, Hofnun-
gen, Wünsche! — Aber, sowahr Gott in dieser
meiner letzten Stunde mir gnädig sey, nie kam
schändlicher Verrath gegen dich in meine Seele! —
Führt mich hinweg!

Sultan. (ihn aufhaltend) Und Fatime?

Ernst. Ihre Heimath erwartet mich. Nie kam
ein Engel reiner aus der Gottheit Schooß.

(sich fortdrängend.)

Sultan. (ihn aufhaltend) Christ! wer bist du?

Ernst.

Ernst. Der Graf von Gleichen, und Fürsten sind meine Genossen! Leb' wohl! —

Sultan. (die Wache zurückweisend) Unbegreiflicher Mann! — Gehe! — Schwöre mir nur, mich ohne meinen Willen nicht zu verlassen!

Ernst. Ich schwör's! —

(er geht.)

Fünfter Auftritt.

Sultan, Gefolg.

Othmann, am Rande deines Grabes verfolgt dich das Schicksal! (zum Gefolg) Man rufe die Prinzessin! — Mahomet! Mahomet! War denn das im Rathe des großen Gottes beschlossen? Der einzige Zweig eines edlen Stamms soll vertrocknen? Ein Ungläubiger entreißt mir ihr Herz? — (zum Gefolg) Entfernt euch! — O daß mein Schmerz nicht Einen unbestechlichen Zeugen hätte! —

Sechster Auftritt.

Sultan, Fatime, Vorige.

Fatime. (sich ihm ehrerbietig nahend und seine Hand küssend.) Mein Vater!

Sultan. (ohne sie anzusehen.) Du wag'st es noch, deine Augen gegen mich aufzuschlagen?

Fa-

Fatime. Soll ich nicht Liebe suchen in den Eurigen?

Sultan. Elende! du hast sie getilgt.

Fatime. Weh mir!

Sultan. Bekenne deine Schuld und dann verbirg dich auf ewig!

Fatime. Schonung, mein Vater!

Sultan. Uneingedenk der Hoheit deiner Geburt, deines Glaubens, deiner Würde, wirfst du, gleich einer feilen Tänzerin, dich in die Arme eines Ungläubigen, eines Christensklaven!

Fatime. Wußt ich wohl, daß Liebe ein Verbrechen ist?

Sultan. Schändliche Liebe, die die Tugend befleckt! —

Fatime. Beym Allwissenden! sie ist rein und unschuldig.

Sultan. Bekenn' es: mit welchen zauberischen Künsten verführte er dein unerfahrnes Herz?

Fatime. Mit der Anmuth seiner Gestalt, mit dem Ruf seines Muths, mit dem edlen, offnen Blick, der Euch selbst hinriß. — Das waren seine Künste! —

Sultan. Ha! und er vergaß, was er jetzt ist? vergaß der Ehrfurcht, die er deinem erhabnen Range schuldet?

Fatime. Nein, mein Vater.

Sultan. Wagt' es doch, dir seine Liebe anzutragen?

F   Fa-

Fatime. Nein, beym Mahomet! mein Herz
flog ihm entgegen; und nur die Fülle meiner Zärtlichkeit entriß ihm das Bekenntniß der ſeinen.

Sultan. Fatime! Und du errötheſt nicht bey
dieſem Geſtändniß?

Fatime. Ihr lehrtet mich, daß nur das Laſter
erröthen darf. — Wär' ich ein Engel, ich würde
dieſe Gefühle unbeſorgt in andrer Herzen gießen!

Sultan. Und du, ein rechtgläubiges Weib,
zitterteſt nicht, dich einem Ungläubigen zu über-
laſſen?

Fatime. Er glaubt an Tugend und Unſchuld,
wie ihr und ich.

Sultan. Du wollteſt fliehen mit ihm, Elende!

Fatime. (ſich niederwerfend) O verzeihe, mein
Vater!

Sultan. Die Prinzeſſin von Alkatre, die Tochter des Sultans, gleich einer frechen Dirne fliehen
am Arm eines nichtswürdigen Sklaven? — All'
mein Blut empört ſich bey dem ſchändlichen Gedanken! —

Fatime. Verzeiht, verzeiht der Allmacht hof-
nungsloſer Liebe!

Sultan. Fatime, wie tief biſt du gefallen!
Und er willigte ein? —

Fatime. Nein, nein, ſo ſehr ihn auch Liebe
und Bitten beſtürmten.

Sultan. Großer Prophet! du häufſt des Jam-
mers viel auf mein gebeugtes Haupt! Ich glaubte
Troſt zu finden in ihrer Unſchuld und finde ſie
ſchuldiger! (Er geht im tiefen Schmerz umher) Be-

denke

denke dich, Fatime! (zum Gefolg) Man bringe den Christensklaven! (zu Fatime) Du wirst ihn sehen, aber zum letztenmale.

Fatime. (seine Knie umfassend, mit dem Ausdruck der höchsten Angst.) Mein Vater!

Sultan. Hinweg!

Siebenter Auftritt.

Ernst, Vorige.

Sultan. (zu Fatime) Hier ist er! — Entsag' ihm auf ewig, und gieb Omarn die Hand! —

Fatime. Nimmermehr, mein Vater!

Sultan. (wütend.) Entsag' ihm, sag' ich dir, oder zittre! —

Fatime. Was könnt' ich dann noch verlieren?

Sultan. Zittre! sein Haupt rollt zu deinen Füßen!

Fatime. (mit leidenschaftlicher Wuth ihren Dolch ziehend) Ha! und meine Leiche zu den Eurigen! —

Sultan. (auf sie zustürzend, um ihr den Dolch zu entreißen.) Meine Tochter!

Ernst. (in ihre Arme stürzend) Fatime!

Fatime. (mit der höchsten Energie) Sorge nicht, Geliebter! Du siehst, man will uns vereinen.

Sultan. (mit stummen Schmerz sie einige Zeit betrachtend, dann sanft und ruhig zu Ernst) Entferne dich! —

Fatime. (mit Leidenschaft) Was soll er?

Sul-

Sultan. Ruhig! mein Wort bürgt dir für sein Leben!

(Fatime läßt ihn aus ihren Armen, und Ernst entfernt sich.)

Achter Auftritt.

Sultan, Fatime.

Sultan. (sanft und mit Wehmuth) So lohnest du deinem Vater seine Zärtlichkeit? Fatime! seit deinen ersten Kinderjahren trug er dich in seinen Augen! pflegte, wartete dich, wie der Gärtner die Königin seines Blumenbeets! Uneingedenk der Sitten seines Landes, wähnte er, stolz, dich zur neuen fortgepflanzten geliebten Mutter zu schaffen; bildete er deinen Sinn zum freyen Genuß der Herrlichkeiten der Natur und der Kunst, dein Herz zur Tugend und Frömmigkeit; hieng mit kindischer Freude an jedem deiner kleinen Gefühle und Talente! Horchte, selbst träumend, auf deinen leisen Odemzug, ob er zum Wunsch werde, um ihm zuvorzukommen! Und das alles lohnst du mir so?

Fatime. Mein Vater! mein Vater!

Sultan. Du warst meine einzige Blume, mein einziger Stolz, meine einzige Hofnung! Ach! und sie ist gewelkt; der Sturm der Schande hat ihre Blüthen schrecklich abgestreift! —

Fatime. Bey dem furchtbaren Todesengel, in dessen Gewalt ich stehe! ich lieb' Euch mehr, als mich selbst!

Sul

Sultan. Du liebst mich? und wolltest deinen alten Vater verlassen? — Sieh, ob diese Haare blühend werden können? Du kannst die Schritte messen, die ich noch bis an's Grab habe, und du willst auf diesem kurzen Wege mich allein lassen? — Wenn Herrschersorgen mir die Freuden des Harems vergifteten; wenn ahndungsvolle Träume, wenn fürchterliche Erscheinungen mich ängsteten; wenn ich erlag unter der Schwüle dieses Lebens: so kamst du, gleich den Jungfrauen Houris des Paradieses, spieltest mit meinen grauen Locken, und wehtest mit den Engelsschwingen der Freundlichkeit, des Lächelns, der Liebkosungen, Kühlung auf mich! — Ach, Fatime! das alles wolltest du mir rauben? — Einsam, trostlos sollte dein armer Vater den Weg zum Grabe suchen? — Du bist gerührt? Sind diese Thränen Thau für meine lechzende Seele? — Du gehorchst mir?

Fatime. Fordert! Nur laßt mir mein Herz!

Sultan. Entsage dem Sklaven.

Fatime. O vermöcht' ich's! Heilige, unsterbliche Liebe fesselt mich an ihn auf ewig.

Sultan. Du vermagsts nicht?

Fatime. Ist Euch Fatime werth, liegt Euch an ihrem Daseyn, so laßt mir ihn; er ist davon unzertrennlich, wie meine Seele.

Sultan. (geht nachdenkend umher) Wohlan! Er sey dein!

Fatime. (entzückt zu seinen Füßen stürzend) Mein theurer Vater!

Sultan. Aber, Bedingungen, Fatime!

F 3

Fa

Fatime. Jede! Jede!

Sultan. Du verläßt mich nicht! —

Fatime. Ich bin Euer bis zum Tod.

Sultan. Und Ernst nimmt unsern Glauben an.

Fatime. (betrübt) Warum das, mein Vater?

Sultan. Fatime! Bin ich Allah' und dem Propheten nicht Rechnung schuldig von deiner Seele? — Dürft ich's wagen vor seinem furchtbaren Antlitz zu erscheinen, wenn ich dich zurückstieße in der Hand eines Ungläubigen?

Fatime. Der Gott, den ich anbete, ist der Einige! Er schwört mir das! Der Gott, den er anbetet, ist die Fülle der Tugend und Weißheit, ist der deinige! Gewiß er wird uns alle aufnehmen in seinen väterlichen Schooß.

Sultan. Folge mir, Geliebte! Du hast ja Gewalt über sein Herz; er liebt dich, er bewies es! — Sprich mit ihm.

Fatime. Ich will, mein theurer Vater.

Sultan. Ich lasse dich allein mit ihm. O daß ich ruhiger dich wieder sähe!

(Sultan ab.)

Neunter Auftritt.

Fatime allein.

Wird er auch wollen? — O gewiß, er liebt mich! und Liebe ist ja allmächtig! — Was gäb' ich nicht hin für sie und ihn! —

Zehn-

Zehnter Auftritt.

Ernst, Fatime.

Fatime. (um seinen Hals fliegend.) Ich habe dich wieder!

Ernst. Armes Mädchen, was littst du nicht!

Fatime. Und du!

Ernst. Der Tod ist ja des Kriegsmanns Gefährte. Ich kenn' ihn und fürcht' ihn nicht.

Fatime. Mir war er ein Engel, an deiner Seite.

Ernst. Dein Vater vergiebt dir?

Fatime. Noch mehr, Geliebter! Er vereinigt mich mit dir.

Ernst. (mit Bestürzung) Ist's möglich?

Fatime. Und du traurest darüber?

Ernst. Sollt' ich nicht? (nach einer Pause) Du kennst ja mein Unglück!

Fatime. (schweigend ihn betrachtend.) Ich verstehe dich!— Du verstößest mich!

Ernst. (mit dumpfen Schmerz) O daß ich frey wäre!

Fatime. Ha! dafür könnt' ich dich hassen! Nein, Ernst! Fort mit diesem unedlen, deiner unwerthen Gedanken.

Ernst. (sie an seine Brust drückend) Dieser Blick hat ihn gebohren, und doch verscheucht.

Fatime. Liebst du mich wirklich?

Ernst. Sagen dirs diese glühenden Thränen nicht?

Fa-

Fatime. Und dein Weib?

Ernſt. Liebe, Dankbarkeit, Ehre, Pflicht, heilige Bande feſſeln mich auf ewig an ſie! —

Fatime Du liebſt uns und zitterſt zurück vor den Gedanken uns beyde zu beſitzen? — Lieber! iſt denn dein Herz zu eng, zwey Weſen mit gleicher Liebe zu umfaſſen?

Ernſt. Wenn ſie nun ringen um den Vorzug? Weh' dann mir!

Fatime. Sie werdens nicht! Der armen Fatime ſoll genügen an dem, was du ihr zu geben vermagſt; ſie will lauſchen auf jeden freundlichen Blick, den ſie nicht bedarf; ſtehlen jedes Lächeln, das unbenutzt von ihr, an lebloſen unempfänglichen Weſen abgleiten würde. — Alles ſoll mir genügen!

Ernſt (ſie umarmend.) Süßes Geſchöpf!

Fatime. Und noch biſt du nicht zufrieden, Halsſtärriger? —

Ernſt. Ach! deine Güte zerreißt mein Herz!

Fatime. Was willſt du noch?

Ernſt. Tauſend Bande feſſeln mich an ſie allein. Allein!

Fatime. Allein? Keine Stelle mehr in dieſem Bund für deine Fatime?

Ernſt. Ich bin Vater!

Fatime. Entzückender Gedanke! Deine Kinder ſeyen die meinigen; ich will theilen die Sorge ihrer Bildung. Wohl mir! ich werde vielfach meinen Ernſt beſitzen.

Ernſt.

Ernst. Ich ertrag's nicht länger. — Fatime! Was willst du mir, was kannst du mir noch seyn?

Fatime. Du fragst? Dein Weib, dein zweytes Weib!

Ernst. Umsonst, mein Glaube verbietets!

Fatime. Ist's nicht Ein Bund, der alle tugendhafte Seelen knüpft? Ist ihr Wandel, ihr Glaube nicht Ein Glaube? — Werden sie da sich nicht treffen, wo Allah alle Edle um sich sammlet?

Ernst. O wahr!

Fatime. So hänge dich nicht an Gebräuche. Nimm den Turban! es ist die einzige Bedingung, unter der mein Vater nach dir giebt.

Ernst. (mit Abscheu) Fatime! mir diesen Antrag?

Fatime. Kann er dich beleidigen?

Ernst. Er setzt mich in Wuth! Treulos könnt' ich verläugnen meinen heiligen Glauben, für den ich verließ Kind und Weib, und Land und Leute, und Vaterland und Heimath? Für die ich auszog in ferne Lande, kämpfte und duldete Todesgefahr und Knechtschaft? — Fatime! Fatime! du kennst mein Volk, du kennst die Seele eines teutschen Edlen nicht! —

Fatime. O vergieb mir!

Ernst. Eh' verläugne mich Gott an jenem großen Tage, eh! ich den Glauben meiner Väter verläugne für zeitlichen Gewinn!

Fatime. Ha! Fatime war bereit, den deinen anzunehmen,

Ernst — Freywillig, allein gedrungen, von Wahrheit und Licht. — Aber wär' Ernst fähig dieses schändlichen Verraths an seiner Kirche, was könntest du erwarten von dem Herzen eines gebrandmarkten Abtrünnigen?

Fatime. (zu seinen Füßen.) Hör' auf, Geliebter! Ich bin entschlossen!

Ernst. (sie bestürzt aufhebend) Wozu?

Fatime. Leb' wohl! — (sie will fort.)

Ernst. Wo willst du hin?

Fatime. (mit dem Ausdruck des höchsten Schmerzes.) Dort, dir einst als Houri zu dienen!

Ernst. (sie zurückhaltend) Fatime! du zerreißest mein Herz! Soll denn das edelste Weib der Preis seyn schändlichen Meineids? Fatime! (sie bey der Hand fassend.) Sey mein Weib! mein zweytes und erstes, mein erstes und zweytes Weib! — Sey es! Natur und Liebe, Dankbarkeit und Freyheit mögen am Throne der Kirche für meine Schuld sprechen! — Aber laß mir, wofür ich tausend Leben ließe, meinen Glauben!

Fatime. Ach! mein Vater!

Ernst. Er ist sanft, menschlich, und liebt dich! — Er verliert dich, indem er dich mir entreißt! — Ha! warum sollt' er das wollen? —

Fatime. (freudig an Ernst's Arm im Rausch!) komm! Laß uns zu seinen Füßen stürzen!

Ernst. Ich will! doch erlaube mir, vorher deinen Freund zu sprechen.

Fatime. Wenn du dann wanktest!

Ernst.

Ernst. Sorge nicht! Mein strengster Richter ist hier! Ich gab dir mein Wort; mag nun die ganze Menschheit sich empören wider mich und dich (sie umschlingend) ich bin dein auf ewig!

Fatime. Wonne! Wonne!

(Ernst führt Fatimen ab; er ruft einem Verschnittenen und befiehlt ihm, Volgstatt zu holen.)

Elfter Auftritt.

Ernst allein.

Ernst! Ernst! Was hast du gethan? —

Zwölfter Auftritt.

Volgstatt, Ernst.

Volgstatt. Reisen wir?

Ernst. Vielleicht bald, mein Theurer, aber nicht allein!

Volgstatt. Wie das?

Ernst. Fatime, so hoff' ich, wird uns begleiten!

Volgstatt. Fatime? Und der Sultan genehmigt? —

Ernst. Noch nicht; er verlangt, daß ich bleibe, daß ich den Turban nehme.

Volg-

Volgstatt. (mit Entsetzen) Und ihr, Herr?

Ernst. Ich hörte in der Schöpfung nichts, als den Drang meiner Lehnspflicht; sah nichts, als das Zeichen des Kreuzes; achtete nicht der Thränen des verlaßnen Weibes, nicht das Jammern verwäster Lieblinge, nicht das Bitten meiner Unterthanen, nicht die Stürme des Meers, nicht die Gefahren des Kriegs im fernen Lande! Ich verließ den traulichen Heerd, die süße Heimath, und zog hin an's heilige Grab. — Glaubst du nun, dort könne Ernst, dort könne der teutsche Graf von Gleichen abtrünnig werden seinem Glauben? ein Verräther an Gott und seinen Heiligen?

Volgstatt. (ihm die Hand reichend) Vergebt meinem Eifer die Frage, edler Herr! Aber Fatime?

Ernst. Wird mit mir knieen vor ihrem Vater; unsre Thränen werden ihn rühren; er wird mir sie bewilligen.

Volgstatt. Und was soll aus ihr werden?

Ernst. Mein Weib!

Volgstatt. (erstaunt und heftig) Dein Weib?

Ernst. Fest steht dieser Entschluß! und ich hoffe auf deine Billigung.

Volgstatt. Hoffe nicht!

Ernst. Rein ist mein Herz!

Volgstatt. Bertha ist verlassen, ohne Freund, ich werd' ihr Rächer seyn und ihr Beschützer!

Ernst. (auf seine Brust zeigend.) Hier ist ihr mächtigster! sie bedarf sonst keinen. — Fatime ist ein Engel, wie Bertha. Engel müssen sich lieben und ein neues, aber heiliges, ein beyspielloses,

aber

aber ehrwürdiges Band soll drey gleichgestimmte lebende Wesen umschlingen!

Volgstatt. Ernst! betrüge dich nicht selbst. Es ist Laster, es ist Verbrechen!

Ernst. Vorgriff, wenn du willst, in die Rechte der Himmelsbürgerschaft! — Ist er das, so will ichs büßen im Staub und in der Asche. Ich will die Pein aller Büßenden der Christenheit auf meine Schultern nehmen und gedultig tragen. Das, Volgstatt! vermag ich. Aber Fatimen verlassen, gränzenlose Liebe lohnen mit Undank und Mord, — das vermag ich nicht.

Volgstatt. Die Gesetze unsers Landes, der Abscheu deiner Mitbürger wird dich verurtheilen.

Ernst. Das rührende Schauspiel unsers Glücks wird sie entwaffnen.

Volgstatt. Der Fluch der Kirche wird dich verfolgen! wird auf dich fallen mit Centner Last!

Ernst. Ich werde wallfahrten zum Thron des Vaters der Kirche, an Fatimens Hand. Ich werde seine Füße mit meinen Thränen netzen! „Heiliger „Vater! — werd' ich sprechen — sieh an, dies „süße, reine, himmlische Geschöpf; sie war verlo„ren, ihre Seele war dahin, wenn ich nicht sie „rettete! — Ich hatt' ein Weib, ich hatte Kinder, „ich verließ sie um des Glaubens willen! „Ich verlor meine Freyheit. Mein Weib ward zur „Wittwe, meine Kinder zu Waisen; Ihr Gatte, „ihr Vater für sie auf ewig verloren. Dieser En„gel gab ihnen mich, gab mir meine Freyheit „wieder! Sprich, was bin ich ihr schuldig! —

                                „Hier

„Hier iſt ein edler, ein unbeſtechlicher Mann, er
„wird dir bürgen für meine Angabe — und dieſer
„Bürge, Volgſtatt? — "

Volgſtatt. (um ſeinen Hals ſinkend) Du ſiegſt!
ich begleite dich!

Ernſt. Wohl mir! deine Stimme fehlte zu
meiner Ruhe.

Volgſtatt. Mögen die Heiligen im Himmel
Amen ſprechen zu deinem Vorhaben.

Ernſt. Sie werdens! Komm, komm zum Sultan!

Dreyzehnter Auftritt.

Sultan (Fatimen an der Hand,) Zaide,
Gefolg, Vorige.

Volgſtatt. Hier iſt er ſelbſt! —

Fatime. (in Ernſt's Arme fliegend.) O mein
Gemahl!

Ernſt. Wie? du hätteſt ihn gerührt?

Fatime. Wonne! Wonne! du biſt Mein!

Ernſt. (zu des Sultans Füßen ſtürzend) Herr!
lies in meinen Thränen meinen Dank!

Sultan. Mein Sohn! Fatime! — Furchtbar
haſt du deine Gewalt ausgeübt über mein Herz; ich
zitterte, dich zu verlieren, und verliere dich doch!
Es iſt der Wille des Schickſals! Nimm ſie, Graf
von Gleichen, ſie iſt dein!

Ernſt. Theurer Vater!

Fa-

Fatime. (zu Ernst) Falscher! du verbargst mir deinen Stand?

Sultan. Zieh hin mit ihr. Zwar raubst du mir den köstlichsten, den einzigen Schatz meines Reichs — aber ihr liebt euch ja, und sie wird glücklich seyn.

Ernst. Unaussprechlich! und unser letzter Odemzug dir's verdanken.

Sultan. Vergeßt euren verwaisten Vater nicht! Ist's möglich, so kommt einst zurück, ihm die Augen zuzudrücken.

Fatime. Könnte doch jeder Moment unsers Daseyns gewidmet seyn der kindlichen Liebe, der Pflege, der Sorge für Euch!

Sultan. Zaide, du begleitest deine Gebieterin.

Fatime. Ihr ahndet meine Wünsche, bester Vater!

Sultan. (zu Volgstatt) Und auch du, treuer, edler Franke! zieh heim, königlich beschenkt, und sage deinem Volke: daß Ottomannen die Tugend allenthalben schätzen.

Volgstatt. Ich werd' es mit Innigkeit, edler Gebieter!

Fatime. Achmet ist noch gefangen, mein Vater.

Sultan. Er sey frey! Und nun kommt, meine Kinder, laßt wenigstens dem trostlosen Vater die Freude euer Hochzeitfest zu feyern!

Ernst.

Ernst. (zu Volgstatt) Die heilige Kirche soll sie
bestätigen.

(Vermählungsfeyerlichkeiten nach orientalischen Sitten; Tänze ꝛc. schließen den Aufzug.)

Ende des vierten Aufzugs.

Fünfter Aufzug.

Schloß zu Gleichen.

Erster Auftritt.

Bertha (im weißen Gewande und Wittwenschleyer).
Castellan.

Castellan.

Mäßiget Euren Schmerz, gnädige Frau! Könnten Harm und Klagen ihn zurückrufen, alle Ge-
wölbe unsers Schlosses sollten von meinem Geschrey
wiederhallen; nicht ablassen wollt' ich, bis der Tod
meine alten Knochen nähme, für unsern guten
Herrn! Aber Ihr wißt es ja, es ist unerbittlich.

Bertha. Ihr wißt es, ich trug gelassen seine
Abwesenheit; ich entsagte gern allen Freuden des Lebens, schloß mich in meine Kammer, und lebte nur
für seine Kinder und sein Andenken. Ach der Gedanke,

danke, er lebt! erhielt mich. Bis zum Tode getrennt, hätt' ich ruhig an ihm mich nähren können; aber diese schreckliche Gewißheit, daß er nicht mehr ist, diese furchtbare Bothschaft seines Todes, riß das schwankende Gebäude meiner Ruhe nieder!

Castellan. Wer brachte sie zuerst?

Bertha. Hanns von Berga.

Castellan. Berga?

Bertha. Was staunt Ihr?

Castellan. Nichts; Fieberfrost schüttelt mich, so oft ich ihn nennen höre.

Bertha. Ach! sie ist nur zu gewiß. Ich selbst sah' den Brief des Landgrafen.

Castellan. Das hat Gott gethan! So mancher unsrer Landsleute fand dort sein Grab. Mich selbst rettete nur ein Wunder. Bedenkt's, er starb im heiligen Berufe.

Bertha. Wär er gefallen im Streit, so hätte man seine Leiche gefunden, und ich hingegeben mein letztes Kleinod, sie zu mir zu bringen! Aber die Fluthen haben ihn verschlungen. — Keine Spur mehr von ihm übrig! Verschwunden ist er aus dem Weltall, und selbst mein Gram ist so arm, daß er nichts hat, woran er sich hefften könnte! — Guter Alter, wüßtet Ihr, wie schrecklich dies einem liebenden Herzen ist!

Castellan. Ach! ich weiß es. Auch meine Erdmuth verschlang dies Land auf ewig! Ihr, gnädige Frau, habt ja seine Kinder. Lebt für sie! Ihnen seyd Ihr Eure Erhaltung schuldig. Sie bedürfen Eurer.

G   **Bertha.**

Bertha. Was kann das hülflose Weib?

Castellan. Viel! Sanft ist der Mutter Druck, aber unvertilgbarer im weichen Herzen des Knaben. — Es sind Ernst's Ebenbilder: Zieht sie ihm nach, in Edelmuth und Güte!

Bertha. Ich will, Vater! — Ermannt mich, und wenn das Weib dem Harm unterliegen will, so wendet Euch zu der Mutter! — — Sind die Mönche in Bereitschaft?

Castellan. Die Seelmessen werden anfangen.

Bertha. Habt ihr den Leichenzug geordnet?

Castellan. Ja, gnädige Frau. Die armen Leute drängen sich herbey aus allen Orten, ihrem guten Grafen den letzten Dienst zu erweisen. Ihr wißt, er war ein guter Herr!

Bertha. Auch du weinst, Vater? Achtzig Jahre haben deine Thränenquellen nicht aufgetrocknet; was soll denn Bertha?

Castellan. Vergebt mir! das Jammergeschrey der Armen, die er ernährte, hat mich weichherzig gemacht.

Bertha. Wo sind sie?

Castellan. Im Schloßhofe versammlet, ihre Hände ringend, und seine Leiche mit Ungestüm fordernd, ihm die kalte Hand zu küssen.

Bertha. Ach, daß ich sie hätte! Und mein Gram wäre doch nicht verwaist.

Castellan. Ich wollte Euch nicht davon sagen. —

Zwey=

Zweyter Auftritt.

Heinrich, Lamprecht, Vorige.

Heinrich. Mutter! Mutter! der Hof ist voll schwärzer Leute.

Lamprecht. Sie heulen und schreyen nach dem Vater.

Bertha. Umsonst! Er ist nicht mehr! Ihr seyd Waisen!

Heinrich. (zu Lamprecht) Hörst du wohl, wir sind Waisen!

Lamprecht. Was ist denn das?

Bertha. Ihr habt keinen Vater mehr!

Heinrich. Wo ist er denn?

Bertha. Im Himmel finden wir ihn!

Heinrich. Laß uns ihn holen! Was meinst du, Lamprecht?

Lamprecht. Da können wir nicht hin. Nicht wahr, Mutter, wir sind nicht groß genug dazu?

Bertha. Schweigt, ihr brecht mir das Herz!

Heinrich. Was wollen denn die Leute bey ihm?

Bertha. Seine Leiche, seine kalte Hand küssen, und ihm danken für seine Wohlthaten.

Lamprecht. Schön! das gefällt mir!

Bertha. (ihn umarmend) O mein Sohn! mein Sohn! Willst du werth seyn deines Vaters, so sorge, daß der Elende einst auch die deinige mit Thränen netze! — (zum Castellan.) Vater, theile den armen Leuten aus, was Ihr wollt, was ich vermag, und laßt sie beten für seine Seele.

Lam-

Lamprecht. Vater, laßt mich austheilen
Mich!

. **Heinrich.** Mich auch! mich auch!

Lamprecht. Du kannſt deine Lekzion noch nicht,
und der Pater wird ſchmälen.

Bertha. (mit Thränen) Nehmt ſie mit! Nehmt
ſie ja mit! Dies Schauſpiel iſt mehr werth, als
alle Lekzion. — Geht, Alter! und gebt mir Nach=
richt, wenn alles zum feyerlichen Zug in Ordnung
iſt.

Caſtellan. Gut, gnädige Frau! aber faßt
Euch, und bleibt ſtandhaft.

(mit Lamprecht und Heinrich ab.)

Dritter Auftritt.

Bertha allein.

Beten hat ja ſo manchen Schwachen ſtark ge=
macht! — Heilige Mutter Gottes, verleih mir
Kraft auch dieſes Leid gelaſſen zu tragen! — O
Ernſt! mein Ernſt!

(ſie kniet nieder zum Gebet.)

Vierter Auftritt.

Hanns von Berga, Bertha.

Berga. (im Eintreten leiſe.) Endlich treff' ich
ſie doch alleine! — Sie betet! — Sie hört
mich

mich nicht! — Bertha! — (er tritt näher) Bertha! —

Bertha. (aufspringend) Heiliger Gott! Wie? Ihr, Berga? — Ha! heute erwartete ich Euch nicht!

Berga. Nicht? — Wenn alle Lehnsleute des Grafen herbeyeilen zu seinem Leichenzuge, blieb ich allein zurück?

Bertha Ihr allein! — Ha! Ihr wißt wohl, daß mir seine Leiche fehlt: würdet Ihr's sonst wagen, an seinen Sarg zu treten?

Berga. Ich?

Bertha. Nein, Berga! Zwar kenn' ich Euch; aber der fühllose Bösewicht seyd Ihr nicht, kann kein menschliches Wesen seyn, mit solchem Gewissen zu nahen seines Herrn Leichnam.

Berga. Ihr seyd bitter, gnädige Frau.

Bertha. Berga! Berga! fürchtetet Ihr nicht, daß gerechter Grimm über Eure Schuld das stockende Blut des kalten Leichnams entflammte, und er beym Anblick des treulosen Freundes ein verrätherisches Zeichen gäbe?

Berga. Könnt' ichs doch wagen!

Bertha. Weh' Euch! Ihr versucht den Himmel selbst!

Berga. Ich liebe Euch, und das ist alle meine Schuld.

Bertha. Ihr liebtet mich? O ist das Liebe, so ist der Himmel nicht ihre Heimath, so hofft man umsonst, dort Engel und Heilige zu umarmen. — O schweigt, Berga, und laßt den Edlen ruhen!

Berga.

Berga. Er erscheine! Er fordere mich zur Rechenschaft, und ich werde sie legen. — Hab' ich Euch nicht beschützt?

Bertha. Geist meines Ernst's! du hörst's, du weißt's nun, welche blutige Thränen mir täglich erpreßten seine schändlichen Künste, seine listigen Nachstellungen, meine Tugend zu untergraben und meine Treue zu erschüttern! Du weißt's nun, daß ich durch Gottes Beystand meine Unschuld rein bewahrte gegen den Verräther deines Vertrauens! — Bitte dort für ihn, daß er seinen Frevel erkenne und reuig büße vor seinem Scheiden.

Berga. Bertha! Bertha! legt wenigstens Euren unnatürlichen Haß gegen mich in Ernst's Sarg.

Bertha. Nein! er soll künftig meine Freystatt seyn gegen Eure Verfolgungen.

Berga. Welcher bedürft Ihr? Seyd Ihr nicht sicher unter meinem Schutze?

Bertha. So schützt Satan Gefallene, und verschließt Ihnen mit eisernem Arm die Rückkehr zur Tugend! — Ueberlaßt mich mir selbst.

Berga. Ihr seyd jetzt frey! Laßt wenigstens mich hoffen!

Bertha. (mit Unwillen.) Ha! Unglücklicher! selbst an diesem traurigen Tage höhnt Ihr so meines Schmerzens?

Berga. (bittend) Bertha!

Bertha. Entweiht so das Andenken Eures —— ach! zu gutmüthigen Gebieters?

Berga. Seyd ruhig!

Bertha. Verlaßt mich! ——

Ber-

Berga. (sich ihr nahend) Geliebte! Abgott meiner Seele!

Bertha. Verwegener! ehre wenigstens diesen Schleyer!

Berga. Ich seh' in ihm nur Euren erhöhten Reiz! —

Bertha. Schone wenigstens mein an diesem furchtbaren Tage!

Berga. Erwart' ich denn nicht alles nur von Eurem Herzen? —

Fünfter Auftritt.

Castellan, Vorige.

Castellan. (zu Bertha) Die Priester sind bereit, man erwartet Euch in der Kapelle.

Bertha. Ich komme! (zu Berza, der ihr folgen will) Zurück! Zittert, daß ich Euch dort bey ihm anklage!

(Castellan und Bertha ab.)

Sechster Auftritt.

Berga allein.

Gedult! Ihr Schmerz ist noch neu! Auch er hat ja seine Blüthen. Die starke unwiderstehliche Hand der Zeit, der hofnungslose Tod wird sie abschütteln! — Aber harren und immer harren? — Sie

G 4   ist

ist ja in deiner Gewalt! — Pfui! was soll mir erzwungene Kosung? — Sie soll mich lieben! — O sie wird; eh' die Nachricht von Ernst's Gefangenschaft sie erreicht, ist sie die meinige! Ha! dann erscheine Ernst's Geist und fordere Rechenschaft, wenn er kann!

Siebenter Auftritt.

Ernst (der stille sich hinter ihn schleicht und ihn auf die Schulter schlägt). Berga,

Ernst. Berga!

Berga. (sich umwendend, und mit dem Ausdruck des höchsten Entsetzens zusammenfahrend) Himmel und Erde!

Ernst. Du erschrickst?

Berga. Ist's möglich, du bist's?

Ernst. Kennst du mich nicht mehr?

Berga. (mit erzwungener Zärtlichkeit ihn umarmend) Sollt' ich nicht? Willkommen, theurer Herr!

Ernst. Willkommen! tausendmal willkommen in meiner Heimath!

Berga. Kaum trau' ich meinen Augen! — Durch welches Wunder sehen wir dich wieder?

Ernst. Gottes Hand leitete mich über Meer und Länder, durch tausend und tausend Gefahren, sicher wieder in mein theures Vaterland,

Berga. Wir glaubten dich todt.

Ernst. Wie? Woher?

Ber-

Berga. Eine Bothschaft vom Hofe des Land=
grafen. —

Ernst. Falsch, wie du siehst. — Oft zwar dem
Tode nah. — Aber, mein armes Weib! — Lebt
sie? Was macht sie?

Berga. Sie lebt, tiefgebeugt zwar, doch
wohl. — Ihr saht sie noch nicht?

Ernst. Ich geizte mit der Freude der Ueberra=
schung. Ritt voraus den Fußsteig hinan am hin=
tern Pförtchen, band mein Pferd an und schlich un=
bemerkt herauf. — Und meine Knaben?

Berga. Rasch und munter!

Ernst. Du hast sie beschützt gegen Unrecht und
Gewalt?

Berga. (mit sichtbarer Unruhe) Ich hielt Wort.

Ernst. Land und Leute in Friede und Sicher=
heit?

Berga. So wirst du's finden.

Ernst. Wohl mir, daß mein Vertrauen nicht
fehl ging! — Wohl dem Manne, dem der köstlich=
ste Schatz —

Berga. (mit steigender Verlegenheit) Ihr be=
schämt mich — ich eile —

Ernst. Heißen Dank dir, edler Freund!

Berga. Laßt mich fort, Eure Ankunft —

Ernst. Nicht, bis ich dir meinen Zoll abgetra=
gen habe! Die erste, dringendste heiligste Pflicht der
Dankbarkeit! — Zwar bring' ich Schätze mit, die
das Ziel deiner Einbildungskraft übersteigen; aber
dir wird diese dankbare Thräne deines Ernst's mehr
gelten. Möchte sie nie auftrocknen!

G 5

Bert

Berga. (sich loswindend) Ich erliege! Laßt mich fort, Bertha's Schmerz zu enden.

Ernst. Wo ist sie?

Berga. In der Kapelle, Eurem Todtenopfer beyzuwohnen.

Ernst. Wundervoller Gott! —

Berga. Ihr Gram haschte nach Nahrung, darum veranstaltete sie Euren Leichenzug. Heute war der furchtbare Tag —

Ernst. Heute! Eben heute! O Vorsehung!

Berga. Alle Eure Mannen und armen Leute sind versammlet.

Ernst. Fort! Wir wollen hinab zu ihr! Jeder Moment ihres Kummers klagt uns an — — — (im Begriff abzueilen.)

Berga. (ihn zurückhaltend.) Um Gotteswillen bleibt!

Ernst. Nun? Was ist dir?

Berga. Fürchtest du nicht, diese plötzliche Erscheinung, dieser schnelle Umschwung möchte die zarte Bertha tödtlich erschüttern? —

Ernst. Wahr!

Berga. Laß mich zuerst hinab, laß mich allmählich ihre trostlose Seele auf diesen wundervollen Wechsel vorbereiten. —

Ernst. So eile! mit tödtlicher Ungedult erwart' ich sie an der Hand ihres treuen Beschützers!

Berga. Weicht indeß nicht von hier, damit ein unzeitiger Bothe mir nicht zuvorkomme.

Ernst. Sorge nicht! eile — und — weil ich noch allein bin mit meinem Herzen, eh' ich hin-

abgleite

abgleite in die Fluth von Gefühlen, die meiner war=
ten, nimm diesen herzlichen Kuß dankbarer Freund=
schaft! — Gott wird dir lohnen, was ich nicht
vermag!

Berga. Auf Wiedersehen!

(Berga eilt ab.)

Achter Auftritt.

Ernst allein (umhergehend.)

O wie wohl ist mir! Ich bin wieder da! Wieder
im heimlichen Wohnsitz meiner edlen Ahnherren! —
Ach! der Mensch gedeiht, gleich der Pflanze, nir=
gend besser, als in der Heimath! — Ich fühle
mich wieder ganz und kraftvoll! — Willkommen
wohlbekannter Feuerheerd, an dem ich so oft Ber=
tha'n auf meinem Schooße schaukelte, so oft die
Kleinen sich an meine Füße klammerten, indeß der
sorgsame Blick der Mutter spähte, ob sie auch dem
Feuer zu nahe kämen! — Diese Wände, Zeugen
meines häuslichen Glücks, dieser Tisch sogar am al=
ten bekannten Plätzchen, wie lieb ist mir das alles,
wie sehr hängt mein Herz an — — Allein!

Neun=

Neunter Auftritt.

Caftellan, Ernft.

Caftellan. (ungeftüm fich zu feinen Füßen ftür-
zend.) O mein theurer, theurer Gebieter! —

Ernft. (ihn aufhebend und umarmend) Willkommen, taufendfach willkommen! Wie, Vater, du
lebft noch? Ich dachte nicht, dich mehr lebend zu
finden! — Dank dir, gütiger Gott, all' meine
Lieben haft du mir erhalten! — Was ift dir? Du
fprichft nicht? —

Caftellan. (mit unterbrochner Stimme.) Meine
Thränen —!

Ernft. Ich verftehe fie! Faffe dich, guter Alter. Ihr glaubtet mich todt, aber fiehe, Gottes
Hand hat mich wunderbarlich erhalten.

Caftellan. Preiß und Dank fey ihm!

Ernft. In Ewigkeit! — Aber woher wußteft
du meine Ankunft?

Caftellan. Hanns von Berga rennte hinab,
flüfterte mir's zu, und befahl mir, herauf zu kommen.

Ernft. Wo ift er?

Caftellan Fort!

Ernft. Wie? Fort?

Caftellan. Er zog fein Pferd aus dem Stalle,
fchwang fich hinauf — Hört Ihr das Raffeln des
Hufs auf der Zugbrücke?

Ernft. Wirklich! Ich begreife nicht— warum?

Caftellan. Er weiß es! —

Ernft.

Ernst. Schickt ihm nach —

Castellan. Um Gottes willen, laßt ihn ziehen!

Ernst. Was sagst du? Furchtbare Ahndungen steigen in meiner Seele auf — Rede!

Castellan. Laßt uns unbewölkt dieser wonnevollen Augenblicke genießen.

Ernst. Ich vermags nicht! — Wo ist Bertha? Rede, ich beschwöre dich, rede, was ist vorgegangen?

Castellan. Schont Euch und mich!

Ernst. Ich will es!

Castellan. Er ist ein Verräther! —

Ernst. Berga? mein Freund? der Vogt meines Weibes? der Vormund meiner Kinder?

Castellan. Ach, diese Gewalt, die Euer allzuwohlwollendes Herz ihm vertraute, hat er schändlich gemißbraucht.

Ernst. Tod und Verderben! Wo ist Bertha? Ists möglich? -

Castellan. Laßt mich schweigen!

Ernst. Rede, so lieb dir meine Gunst ist! Ich muß alles wissen.

Castellan. Mit tausend heimlichen und öffentlichen Anträgen unkeuscher Liebe, mit tausend Nachstellungen peinigte er Euer treues Weib.

Ernst. Der Schändliche!

Castellan. Die Bothschaft Eures Todes kam durch ihn.

Ernst. Wo ist Bertha? — Unnatürlicher Bösewicht! Darum stahlst du dich hinweg? Darum ertrugst du nicht länger mein Anschauen? — O daß

er

er dieſe edle Burg, den alten Wohnſitz teutſcher Redlichkeit, durch das ſchändlichſte Verbrechen verrathner Freundſchaft entweihen mußte! — — Ihm nach! Mein Schwerdt ſoll den Weg zu ſeinem bübiſchen Herzen finden!   (wütend abrennend)

Caſtellan. (ihn aufhaltend) Bleibt! theurer Gebieter! Wollt Ihr den ſüßen Augenblick Eurer Rückkehr mit Tod und Blut bezeichnen?

Ernſt. Soll ſolch ein Bubenſtück ungeſtrafe bleiben?

Caſtellan. Die Treue Eurer Bertha, die Liebe Eurer troſtloſen Lehnleute und Saſſen, die jetzt, noch in dieſem Augenblick, um Euren Tod weinen, nehmt zum Sühnopfer! —

Ernſt. Er ziehe! aber meine Rache ſoll ihn ereilen.

Caſtellan. Sitzt nicht ſein Henker hinter ihm? Ein glühendes Gewiſſen? —

Ernſt. Wo iſt Bertha?

Caſtellan. In der Kapelle.

Ernſt. Weiß ſie meine Ankunft?

Caſtellan. Ich zweifle; noch hatt' ich nicht Zeit. —

Ernſt. (ihn bey der Hand faſſend.) Komm! Eile! —

Caſtellan. Laßt mich voran! nur Einen Augenblick voran! Freude könnte am Fuß des Altars ſie tödten.

Ernſt. So fliege! Ich ertrags nicht länger! —

Zehn-

Zehnter Auftritt.

Bertha (mit zurückgeschlagnem Schleyer herein-
stürzend). **Vorige.**

Castellan. (der am Eingange sie aufhält.) Wo
wollt Ihr hin, gnädige Frau? —

Bertha. Zurück! Er ist da! Er ist da! —
(sie windet sich los, stürzt an des zurückstehenden Ernst's
Hals) Mein Ernst!

Ernst. (sie mit der höchsten Innigkeit umschlingend) Bertha! — (stumme Szene sprachlosen Entzü-
ckens; indem Ernst sie loslassen will, bemerkt er, daß
sie ohnmächtig ist) Allmächt'ger Gott! sie ist kalt.

Castellan. (herbeyeilend) Was sagt Ihr?

Ernst. Ohnmächtig! Ihre Sinne sind gewi-
chen! —

Castellan. (rufend) Hülfe! Hülfe!

Ernst. Ruhig! Liebe und Freude hat ihr das
Bewußtseyn geraubt, und wird ihrs wieder geben.
Laß uns allein!

(Castellan entfernt sich.)

Elfter Auftritt.

Bertha (ohnmächtig in Ernst's Armen.) **Ernst.**

Ernst. Bertha! — Erwache! Ich bins! Ich
lebe! Geliebtes, süßes Weib! Hälfte meiner Selbst!
— Ich bin wieder da! Dein Ernst ists, der dich

an

an ſeine Bruſt drückt! — Keuſches, treues Weib, erwache!

Bertha. (die Augen aufſchlagend)

Ernſt. Ha! Die Stimme des Engels der Reinheit erwecket ſie.

Bertha. Du lebſt?

Ernſt. Fühl' an mein Herz!

Bertha. Du biſt wieder da?

Ernſt. Da! in deinen Armen! von Gott wundervoll geführt. —

Bertha. Berga!

Ernſt. Nenn' das Ungeheuer nicht! — Armes Weib, du haſt viel gelitten!

Bertha. (lächelnd) Steh'ſt du die Spuren des Harms?

Ernſt. Dieſe Lilienbläſſe, dieſe Wolken deiner holden Augen ſind mir unausſprechlich theuer. — Hinweg mit dieſem Schleyer!

Bertha. Er war mein Schutzengel!

Ernſt. Wohl mir! ich habe dich wieder!

Bertha. Treu und rein!

Ernſt. Treu und rein! — Dank euch, Engel des Himmels! Beſchützer der Unſchuld! daß i h r mit euren Fittigen ſie decktet! —

Bertha. Und d e i n Bild!

Ernſt. Ueberſchwenglich werd' ich dir's lohnen!

Bertha. Ich habe d i ch ja wieder!

Ernſt. Auf ewig!

Bertha. Und liebevoll und treu?

Ernſt. (bey dieſem Worte ſein Haupt auf ihre Bruſt ſenkend.) Bertha!

Ber-

Bertha. Was ist dir, Lieber?

Ernst. Ich habe viel dir zu entdecken.

Bertha. Rede, mein Gemahl!

Ernst. Dinge ohne Beyspiel, so nah' gränzend an's Wunderbare, daß die Wahrheit selbst Mühe hat, ihm Glauben zu verschaffen.

Bertha O erzähle! —

Ernst. Begebenheiten, gleich den Sagen der Vorwelt, gleich den Fabeln kranker Einbildungskraft, abentheuerlich und unerhört!

Bertha. O laß mich hören dein Schicksal im fernen Lande.

Ernst Willst du ruhig mich anhören?

Bertha. Du bist ja geborgen aus dem Sturm; ich halte dich ja in meinen Armen!

Ernst. Bertha! Bertha! Du ahndest nicht — Vielleicht bedarfst du mehr Kraft, mehr Liebe, als du glaubst!

Bertha Ich will sie saugen aus deinen Lippen.

Ernst. Wohlan! — Du mußt es wissen! und doch sträubt sich mein angstvolles Herz, meine störrige Zunge bebt! —

Bertha. Was fürchtest du doch, Lieber?

Ernst. Ach! du weißt nicht — Bertha! ich bin schuldig!

Bertha. (erstaunt) Wie?

Ernst. Und unschuldig!

Bertha. Ich versteh' dich nicht!

Ernst. Ich war treu!

Bertha. Wohl mir, Geliebter!

Ernst. Und doch untreu!

H   Ber-

Bertha. Untreu? O rede deutlicher; du quälſt mich.

Ernſt. Höre mich an, Bertha; aber vergiß nicht, was du dem ſeyn mußt, der es wagen kann, ſo zu dir zu ſprechen.

Bertha. Ich werd' es nicht, mein theurer Gemahl!

Ernſt. Furchtbarer Moment! Gott, du ſiehſt und prüfſt mein Innerſtes, gieb mir Stärke!

Bertha. Du beunruhigſt mich. Rede doch.

Ernſt. Ich werde reden; ich werde dich in's Aug' faſſen! Ein Blick, und ich ſtürze hinab in den Abgrund unabſehlichen Elends! Tod und Leben, Seligkeit und Verdammniß hängt an Einem Blick.

Bertha. (ihn mit inniger Zärtlichkeit in's Aug' faſſend) Mit dieſem werd' ich zum letztenmal dir die Hand drücken!

Ernſt. (ſie mit Feuer umarmend.) Engel! — Höre! — Ich zog hin ins gelobte Land. Nach manchem Gefecht, nach manchem Abentheuer, ritt ich einſt aus an der Seite des treuen Volgſtatt aus Ptolomais. Ein Haufe Sarazenen ſtößt auf uns. Nach ritterlicher Wehre wurden wir überwältigt, gefangen genommen, in Feſſeln gelegt.

Bertha. (erſchrocken) Heilige Mutter Gottes!

Ernſt. So bringt man uns dem Sultan von Alkaire. Er nimmt uns gütig auf; er löſt unſre Feſſeln; er vertraut uns ſogar ſeine Kriegsmannſchaft.

Bertha. Gütige Vorſehung!

Ernſt.

Ernst. (Bertha'n immer ängstlicher beobachtend.)
Er hat eine Tochter! Ein süßes, sanftes, edles,
liebliches Geschöpf. Sie sieht mich und liebt mich.
Sie entdeckt mir's — Ich — verheele ihr nichts! —
Sie schlingt sich um meinen Nacken! „Kehre heim
„zu deinen Kindern, zu deinem Weibe! ruft sie
„aus, nimm deine Freyheit, meine Schätze, aber
„auch mich als Christin mit dir! Laß Ein Band
„uns drey Liebende umschlingen! Ich will dei=
„nem ersten Weibe dienen lebenslang, ich will hor=
„chen auf ihre Befehle, lauschen auf ihre leisen
„Wünsche! Ihre Kinder sollen die meinigen seyn! —
„Dein will ich seyn, oder sterben zu deinen Fü=
„ßen!" — Bertha! lange kämpft ich, dich auf=
zuopfern dir selbst! Furchbares Ringen mit dem
Engel der Liebe um die Liebe! — Aber du
hättest sie sehen sollen, wie sie hing an meinem Hal=
se, lag zu meinen Füßen in der allmächtigen Glo=
rie heiliger Unschuld, verklärter Liebe! — Ein Schau=
spiel, Geister höherer Regionen herabzuziehen und
zu fesseln, und Ernst ist ein schwacher Sterblicher! —
Allmächtig drang mich's zu dir! und ohne sie
warst du für mich verloren! Ich unterliege! — An
ihrem Arm eil' ich nach Rom, werfe mich zu den
Füßen des heiligen Vaters, flehe um seine Bestäti=
gung und — erhalte sie! — — Bertha! Bertha!
Was ist dir? Dein Auge schwimmt in Thränen? —

Bertha. (ausbrechend.) Wo ist sie! Wo ist mei=
ne Schwester?

Ernst. (zu ihren Füßen sinkend) Engel! Heili=
ge! du verzeih'st mir? du nimmst sie auf?

H 2 **Bertha.**

Bertha. Verdank ich ihr nicht dich? Alles?

Ernst. Ists möglich, du liebst sie?

Bertha. Eile! o komm! daß ich sie an meinen Busen drücke! Wo ist sie?

Ernst. (sie an's Fenster führend) Sieh! dort wallt sie herauf mit ihren Kameelen und Schätzen.

Bertha. Was bedürfen wir mehr, als sie? Komm, Theurer! deiner Retterin entgegen!

Zwölfter Auftritt.

Lamprecht, Heinrich (hereinlaufend).

Ernst. (sie in seine Arme fassend.) O meine Kinder!

Heinrich. ⎫ Vater!
Lamprecht. ⎭

Heinrich. Kömmst du denn vom Himmel?

Ernst. Der Himmel ist hier!

Lamprecht. Vater! Ich trage schon ein Schwerd!

Ernst. Wirklich?

Dreyzehnter Auftritt.

(Man hört ein Geschrey: Es lebe unser Graf!)

Castellan, Vorige.

Castellan. Herr! die Nachricht Eurer Ankunft hat sich verbreitet. Ich vermags nicht, Eure Lehns-männer länger aufzuhalten!

Ernst.

Ernst. Sie kommen!

Bertha. Laß mich fort indeß!

Ernst. Wohin?

Bertha. Ihr entgegen!

Ernst. (sie umschlingend) Engel! ich ziehe mit dir!

(der Vorhang fällt.)

Vierzehnter Auftritt.

Ein Thal am Fuß des Schlosses Gleichen.

Fatime, Volgstatt, Zaide.

(Hinter ihnen das Gefolge mit bepackten Kameelen und Pferden.)

Volgstatt. Ihr werdet müde werden, Gräfin! denn der Hang ist steil.

Fatime. Ich eile ja ihm entgegen, und wie könnte mir da Kraft und Odem fehlen?

Zaide. Er zögert lange.

Fatime. Soll er nicht ruhig sein Weib umarmen nach langer Trennung?

Volgstatt. Recht so, edle Gräfin. Ihr wißt ja: der Liebenden Wiedersehn verschlingt Stunden wie Augenblicke.

Fatime. Ich will gern abwarten die Wonneszene der Vereinigung; wann sie nur dann mich freundlich aufnimmt in ihren Bund.

Volgstatt. Zweifelt nicht!

Fa

Fatime. Ach! kann wohl so glühende Empfin-
bung, solche Liebesfülle gedeihen unter Eurem Himmel? — Volgstatt, ich zittere!

Volgstatt. Seyd ruhig! Unsre Gebürge und
Wälder sind die Heimath der Tugend. — Bertha
ist ein edles, teutsches Weib. Häuslich, sanft und
still.

Fatime. Ahndete sie, wie mein Herz ihr entgegen schlägt! —

Volgstatt. (zu einem Landmann, der vorübergeht)
Wohin, alter Landsmann?

Landmann. Aufs Schloß, Herr! sie halten
heut das Todtenamt unsers guten Herrn.

Volgstatt. Wie so, wann starb er?

Landmann. Im gelobten Lande. Er ertrank
im Meer! —

Volgstatt. Es ist falsch, sag' ich dir. Er
lebt.

Landmann. Wie? er lebt? Er ist nicht todt?
Jesus! Maria! O ich muß hinauf, ich muß das
unsrer Frau sagen, eh' sie uns auch zur Leiche wird.

Fatime. Gott! Sie hielten ihn für todt. O,
daß ich hätte Zeuge seyn können, solch eines Wie-
dersehens.

Volgstatt. Hörtest du, wie das Volk an ihnen hängt? —

Fünf-

Fünfzehnter Auftritt.

Bertha, an Ernst's Arm. Vorige, Lamprecht, Heinrich, der Castellan.

Ernst. (Fatimen zeigend.) Da ist sie!

Bertha. (in ihre Arme stürzend) Meine Schwester! —

Fatime. Geliebte! Freundin!

Bertha. (sie Ernsten zuführend) Sie ist dein! —

Fatime. Engel! Dein Ernst?

Bertha. Mein und Dein!

Fatime. Mein!

Ernst. (zu Fatimen und Bertha'n, sie beyde umfassend) Dein! und Dein! —

Fatime. (sich losreißend und auf die Kinder stürzend) Meine Kinder!

Bertha. Süße Schwester, sie sind dein!

Ernst. Volgstatt! du wendest dich weg?

Volgstatt. Solch ein Anblick ist nur für Engel! Nur diese vermögen ihn auszuhalten.

Zaide. (in des Castellans Arme sinkend) Mein Vater!

Castellan. Meine Tochter!

Ernst. Was ist dir?

Castellan. Ach, meine Erdmuth! meine verlorne Erdmuth!

Ernst. Wohl mir, ich brachte dir also einen edlen Lohn deiner Treue. ——— Komm, Bertha, komm Fatime, nun meine wiedergeborne Elisabeth! Kommt in meine friedliche Burg! Und dieses glück-

liche

liche Thal, diesen Schauplatz der höchsten irrdischen
Freude nenne man auf ewig: das Freudenthal!
Einzig bleibe dies Schauspiel weiblicher Eintracht,
häuslicher Glückseligkeit! Eine Burg, Ein keu-
sches hochzeitliches Bett, Ein Grab decke
drey herzliche in einander unauflöslich verschlungene
Wesen! — Ewig stehe dies Denkmahl, daß Tugend
und Empfindung alles heiligt, daß sie selbst Quellen
irrdischer Freuden öffnet, die dem fühllosen Schwel-
ger weise Gesetze verschließen.   O Wonne! Wonne!
Wonne! (zu Fatmen) Du bist Mein! (zu Bertha)
Und du Mein!

   Fatime und Bertha.   Dein! dein! Auf
ewig dein!

(Sie umschlingen sich. Der Vorhang fällt.)

Ende des Schauspiels.

C l₅